CB057757

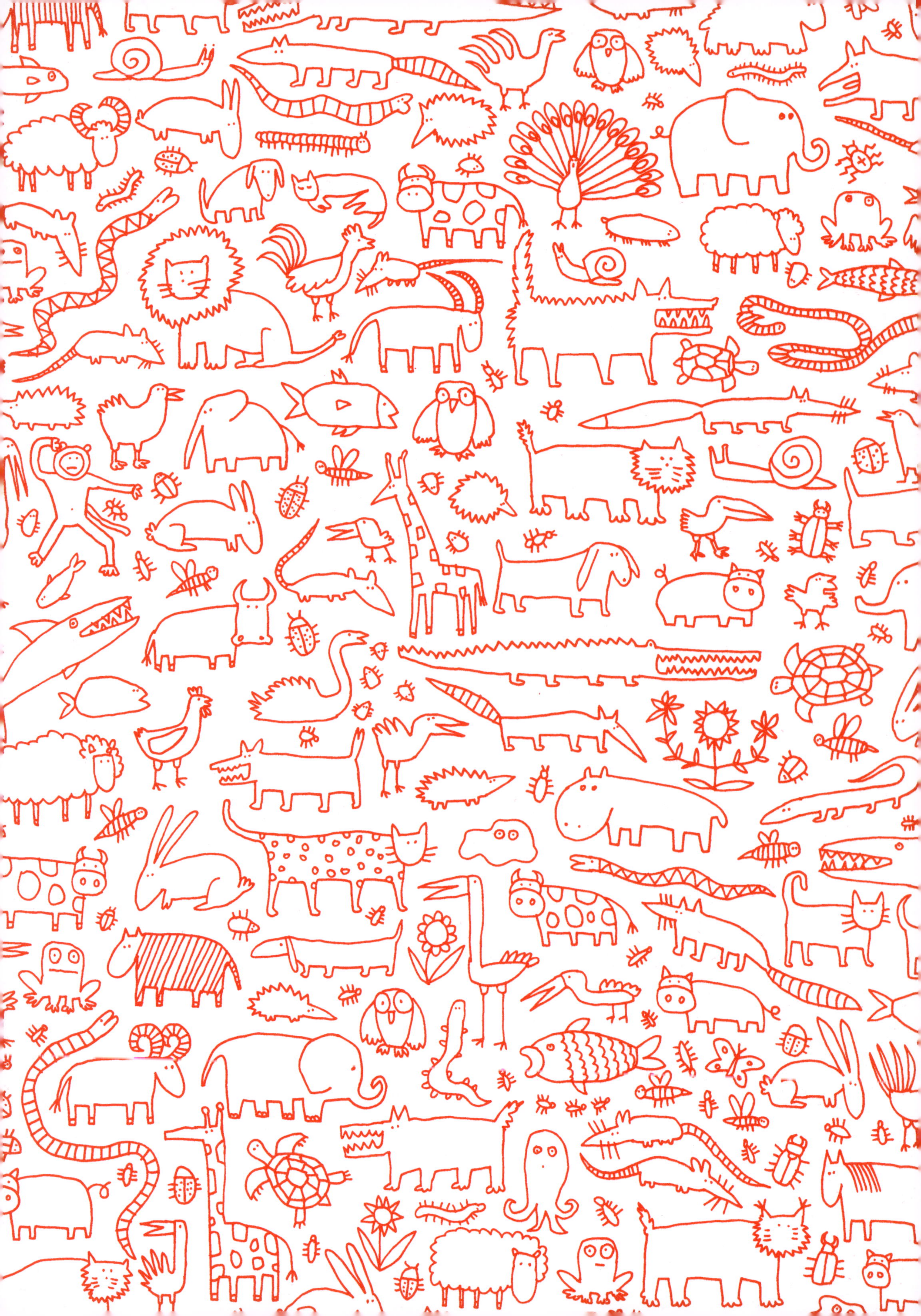

CICLO DA VIDA

Aleksandra Mizielińska * Daniel Mizieliński

Tradução: Rodrigo Villela

livros da raposa vermelha

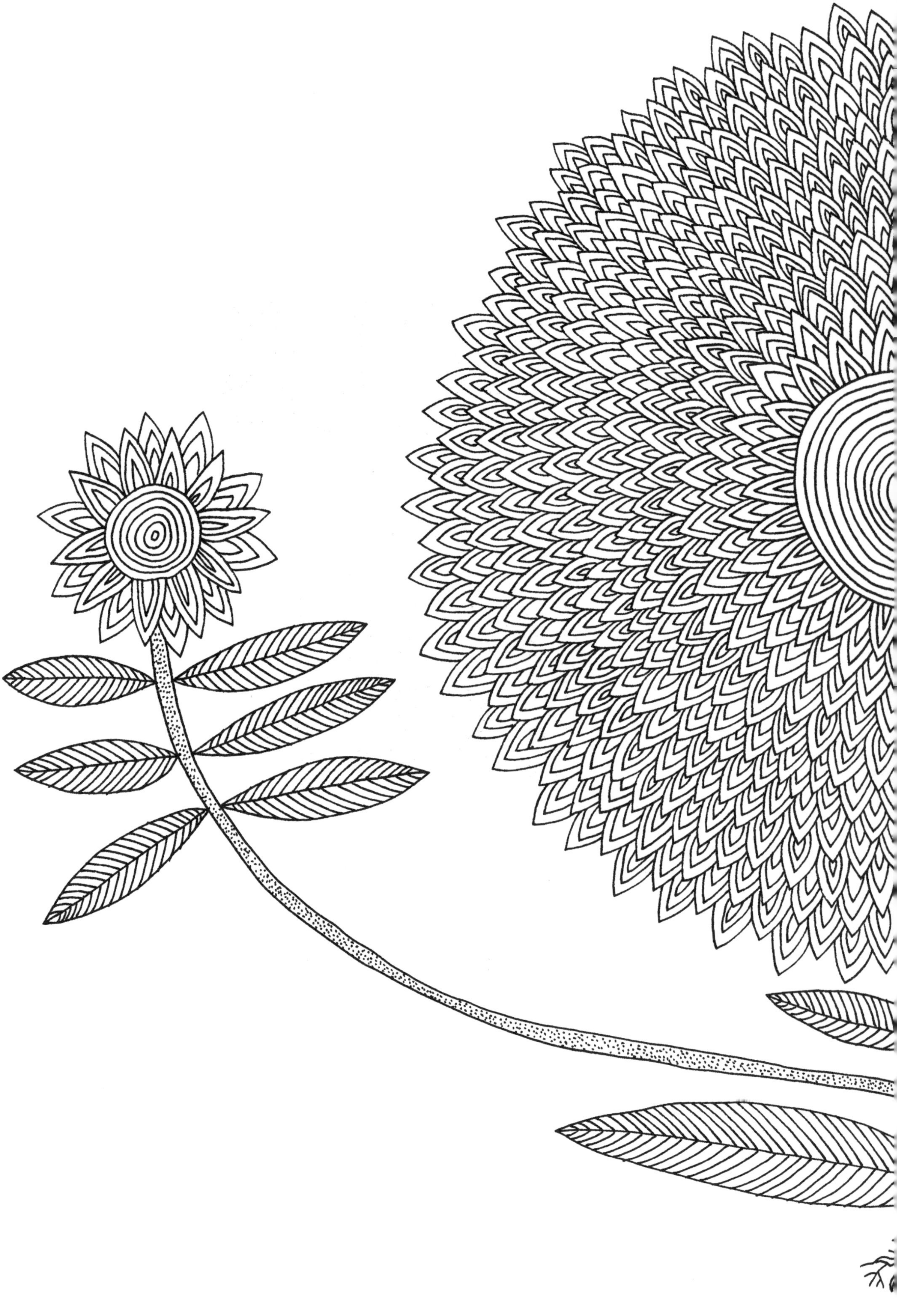

NASCEU UMA FLOR.

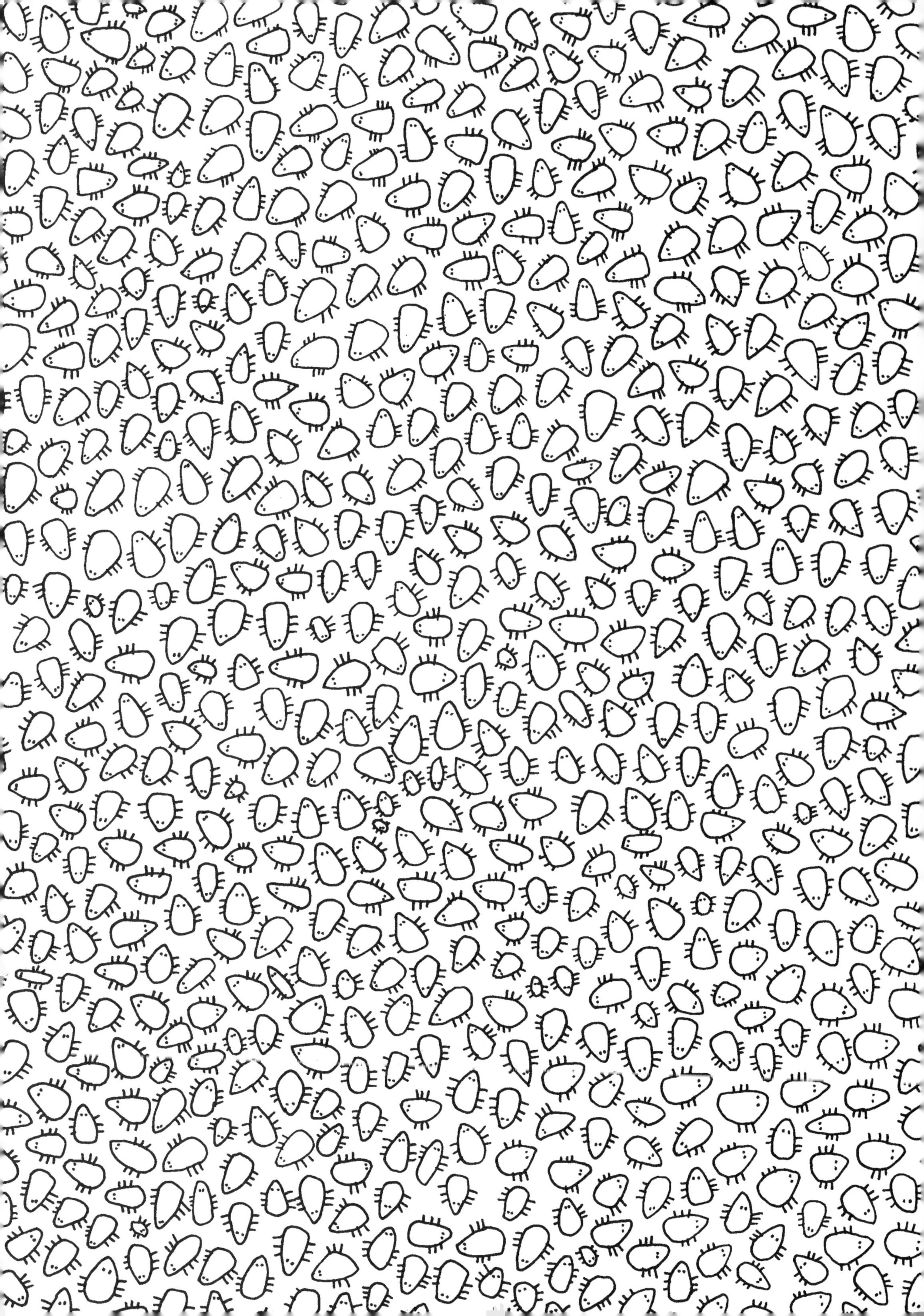

OS PULGÕES COMERAM A FLOR.

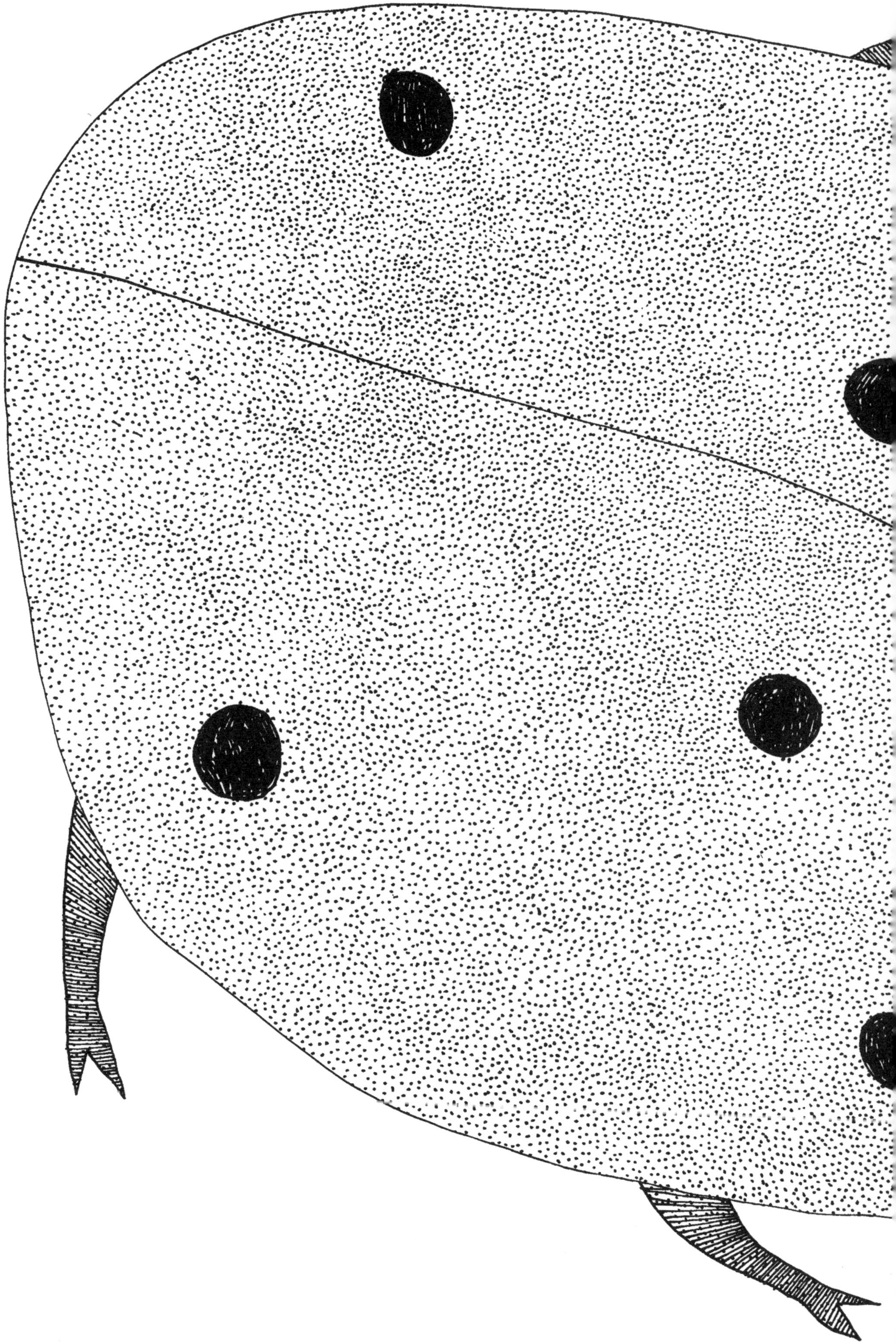

A JOANINHA COMEU OS PULGÕES.

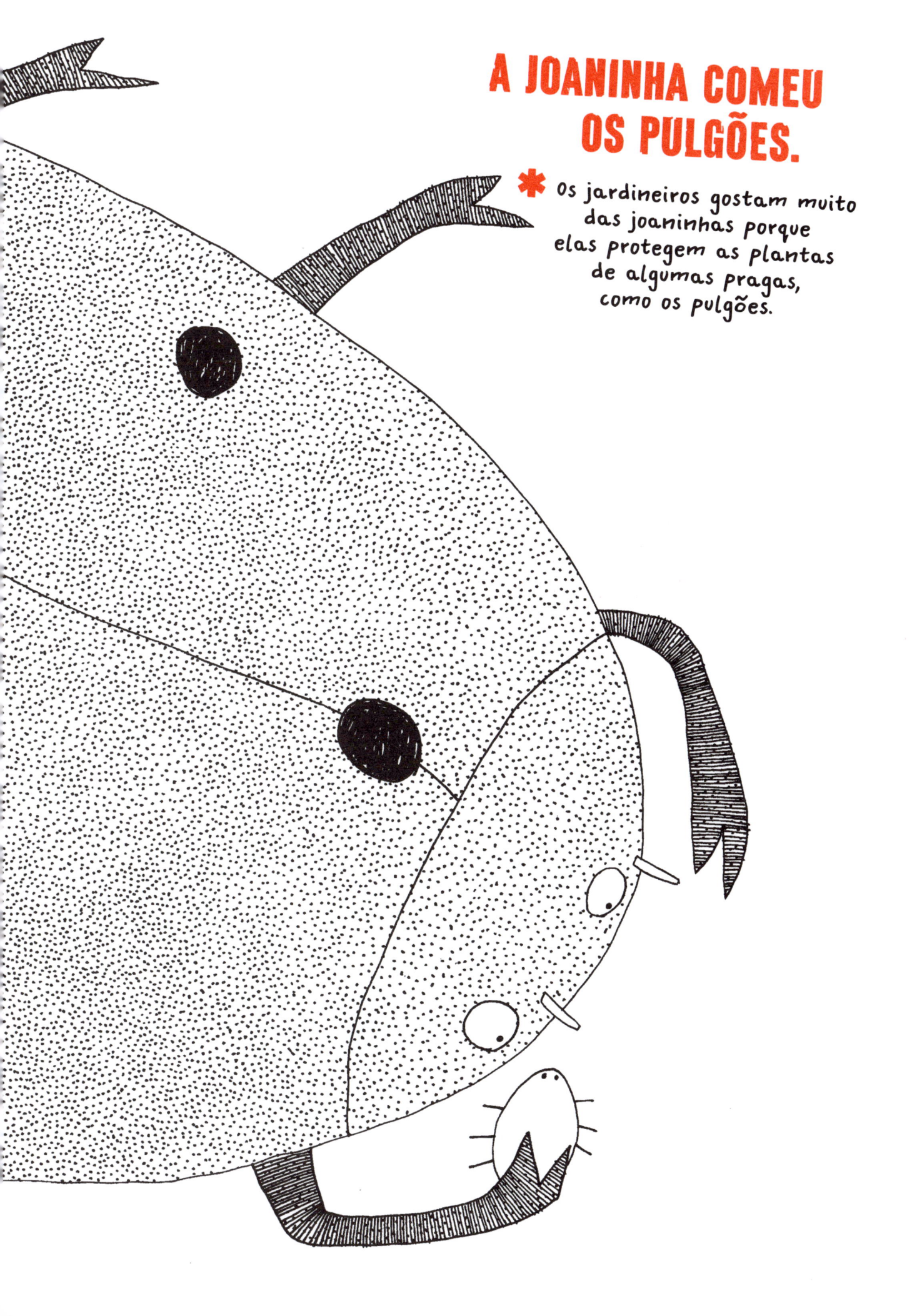

✱ Os jardineiros gostam muito das joaninhas porque elas protegem as plantas de algumas pragas, como os pulgões.

A ALVÉOLA-BRANCA COMEU A JOANINHA.

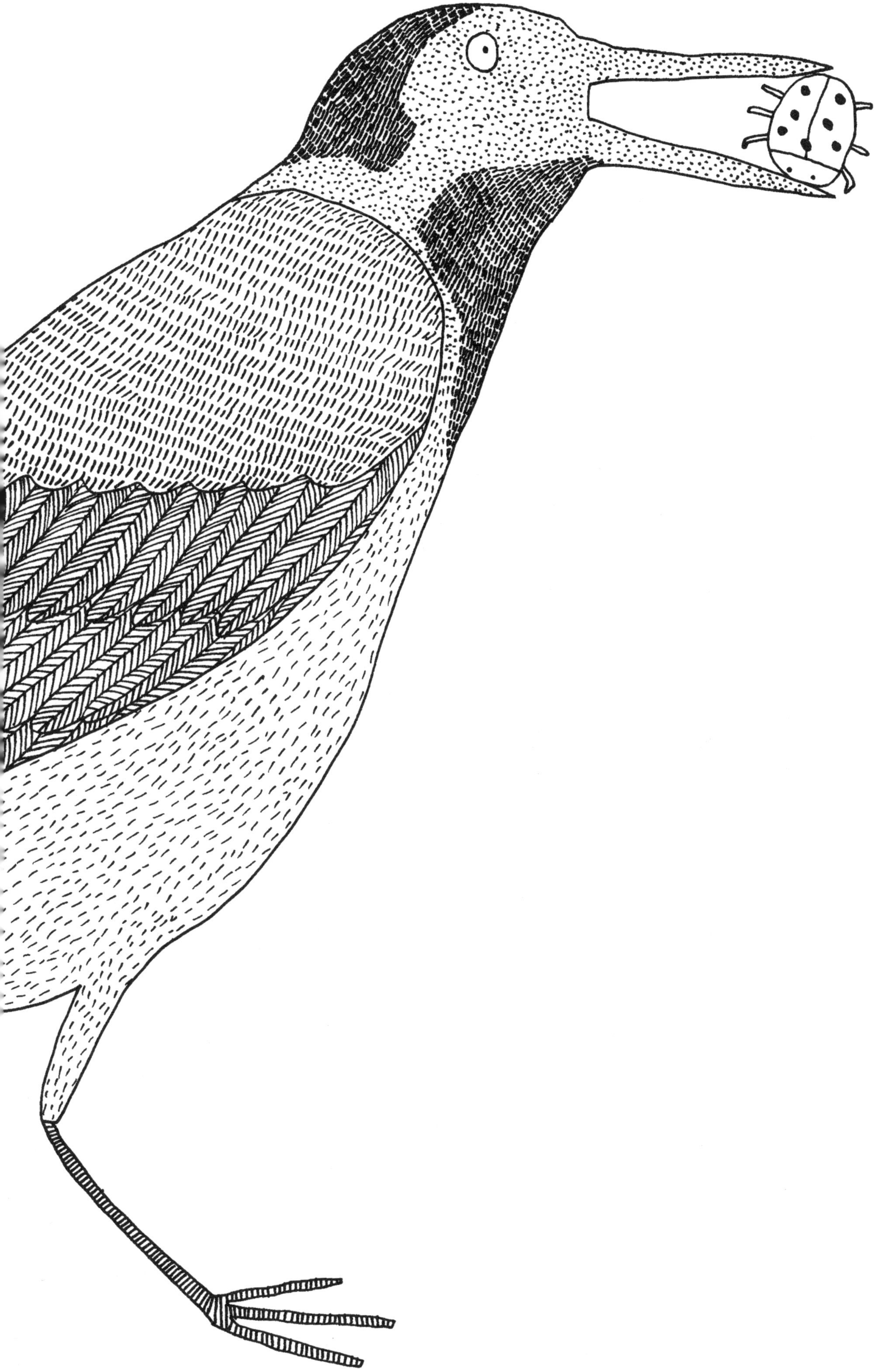

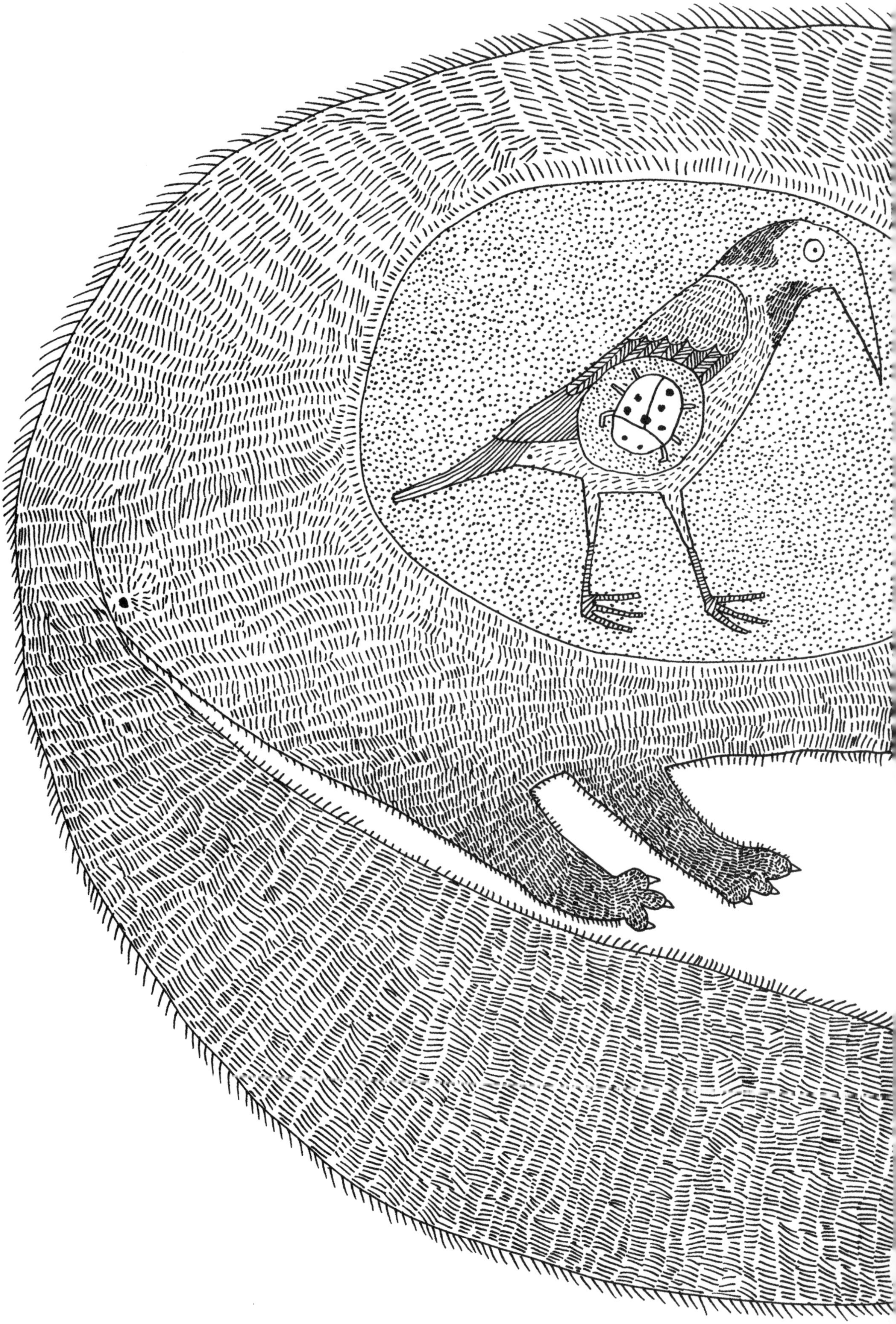

A RAPOSA COMEU
A ALVÉOLA-BRANCA.

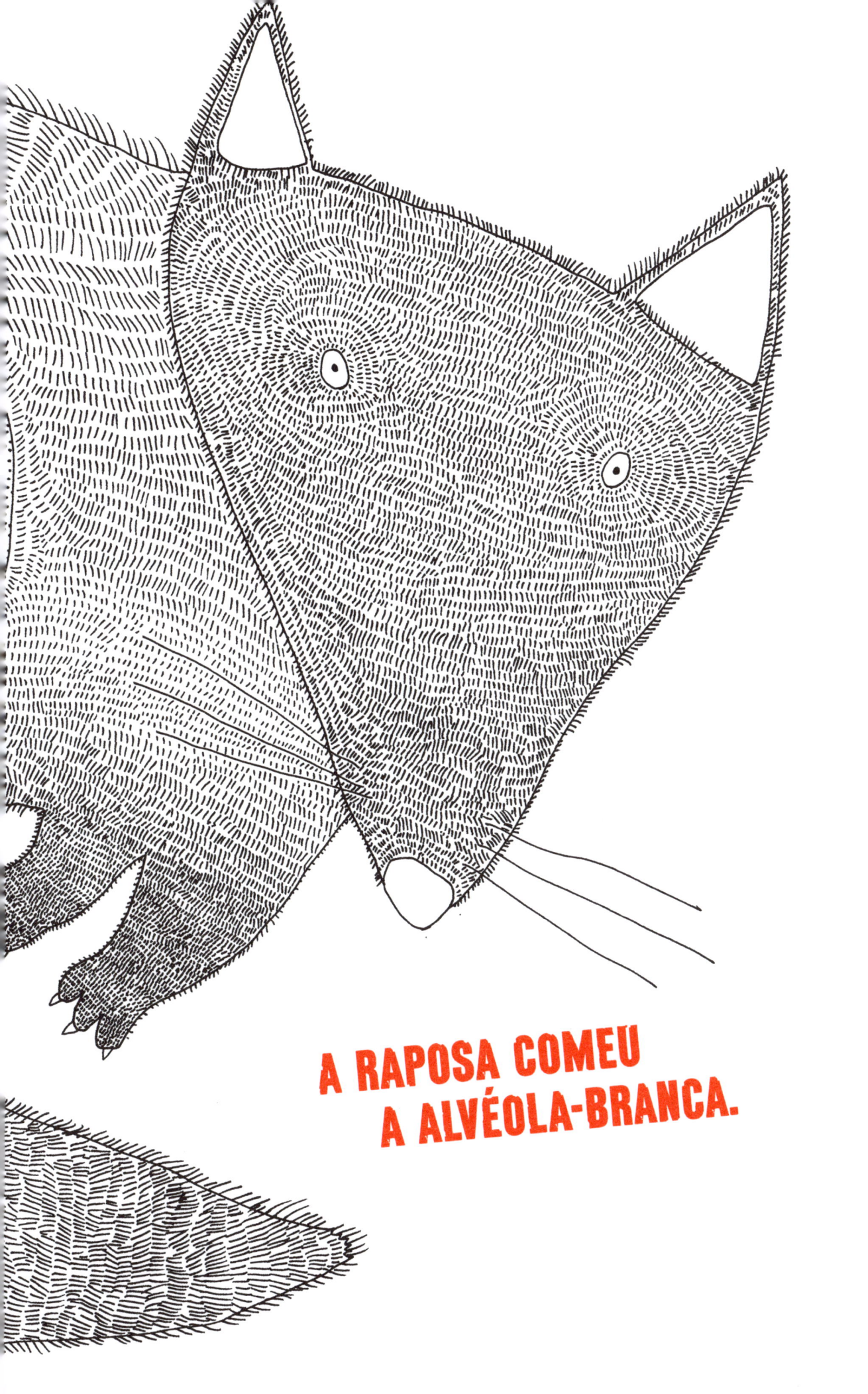

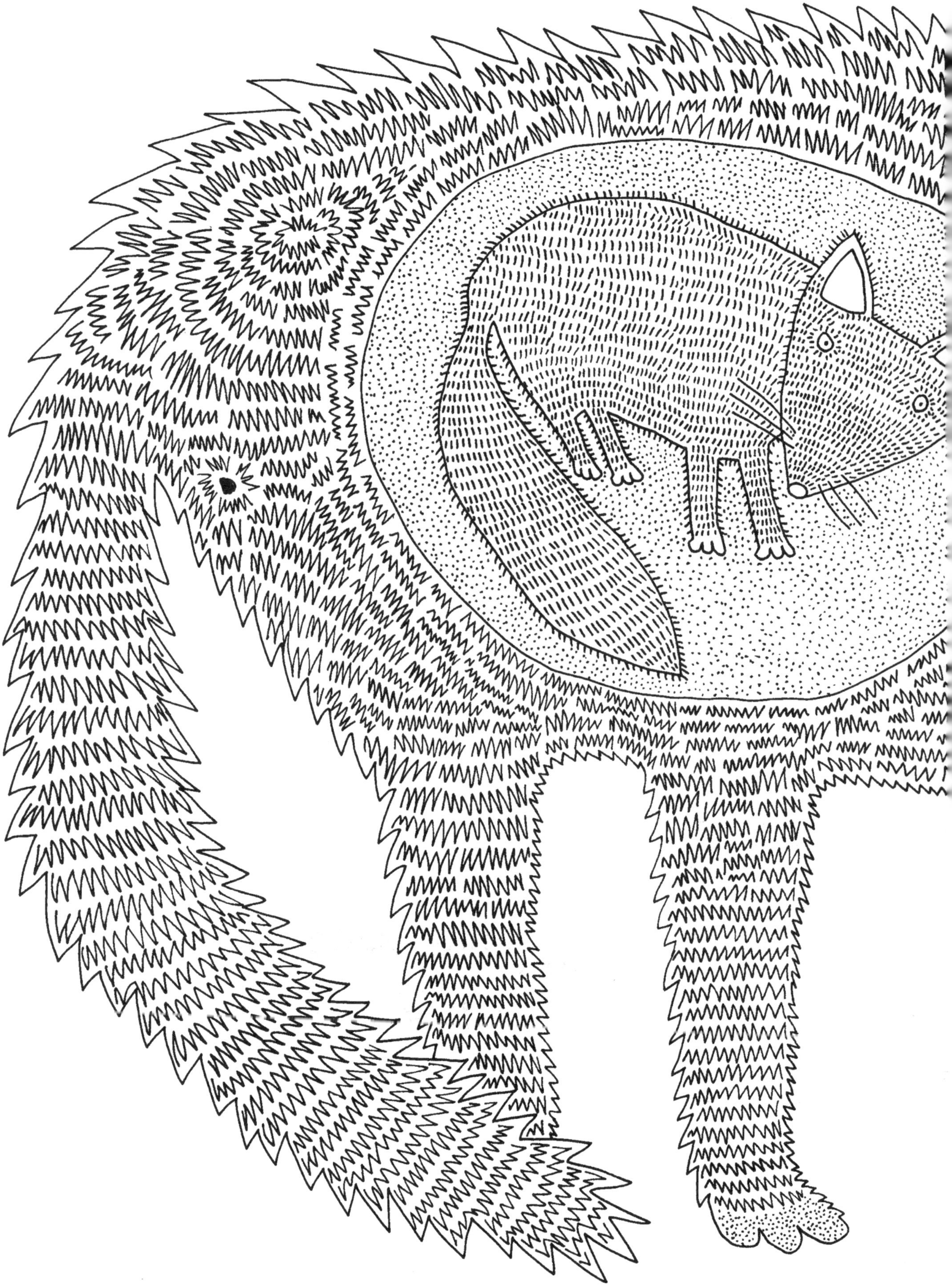

O LOBO DEVOROU A RAPOSA.

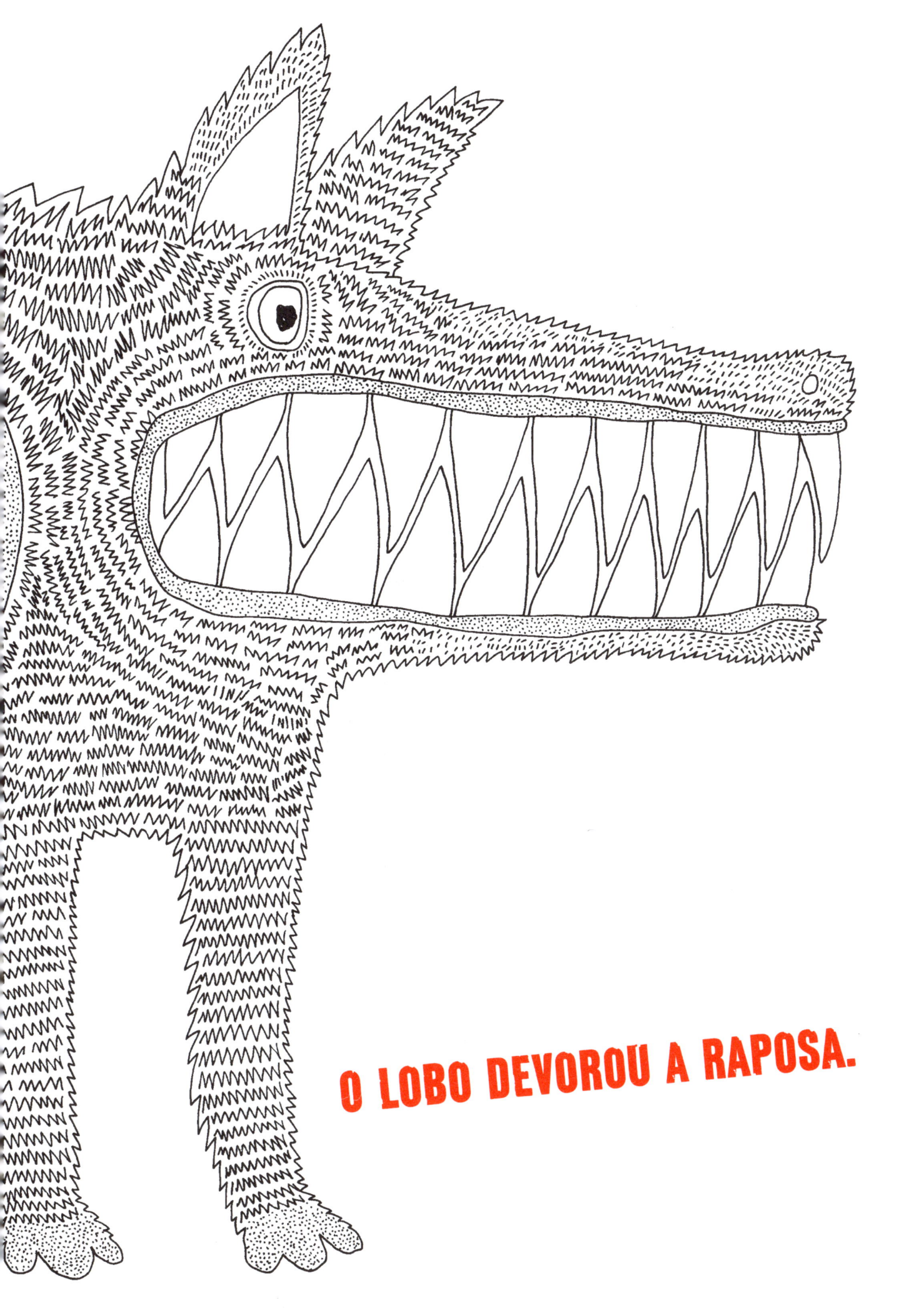

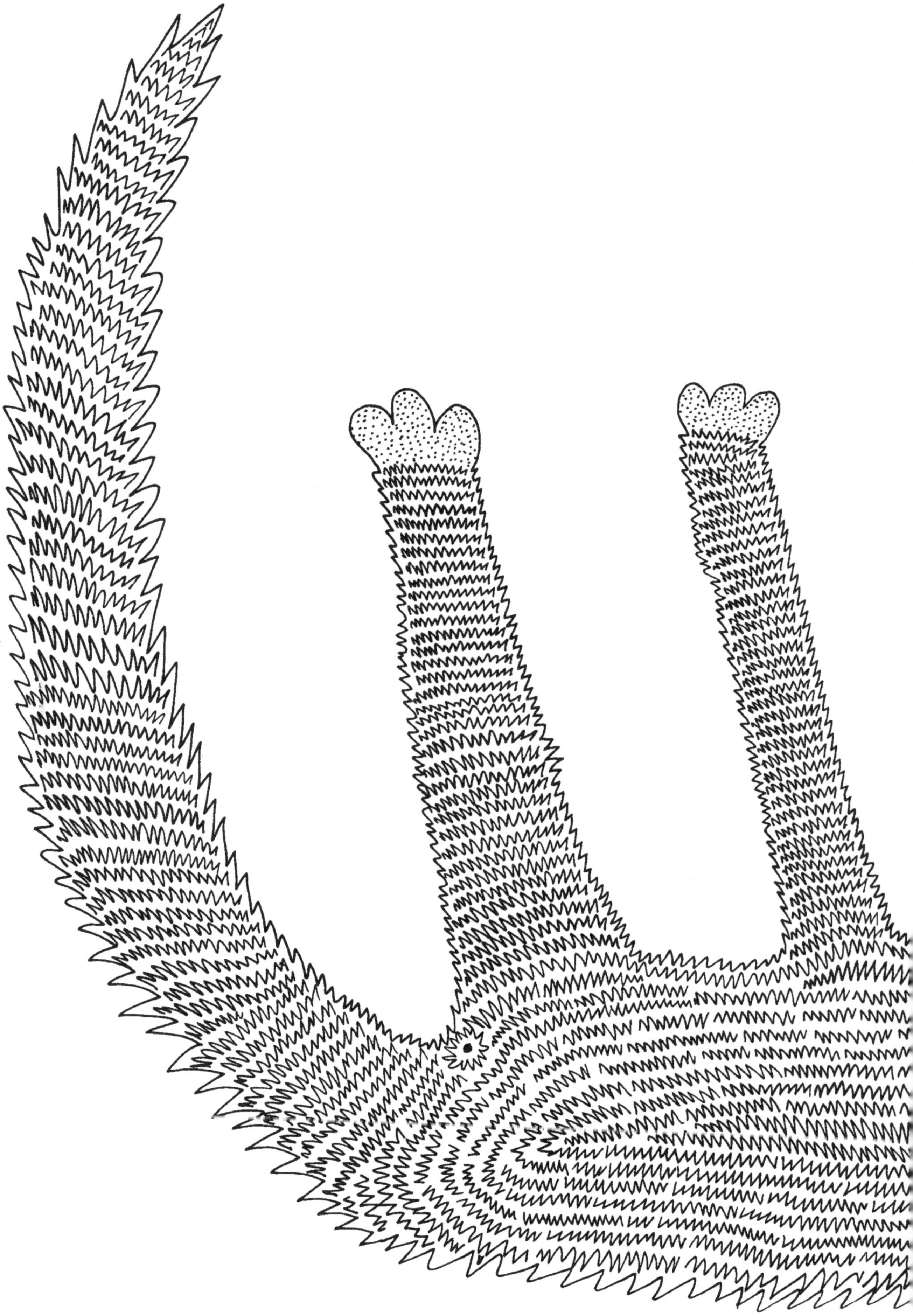

E MORREU
(ERA MUITO VELHO).

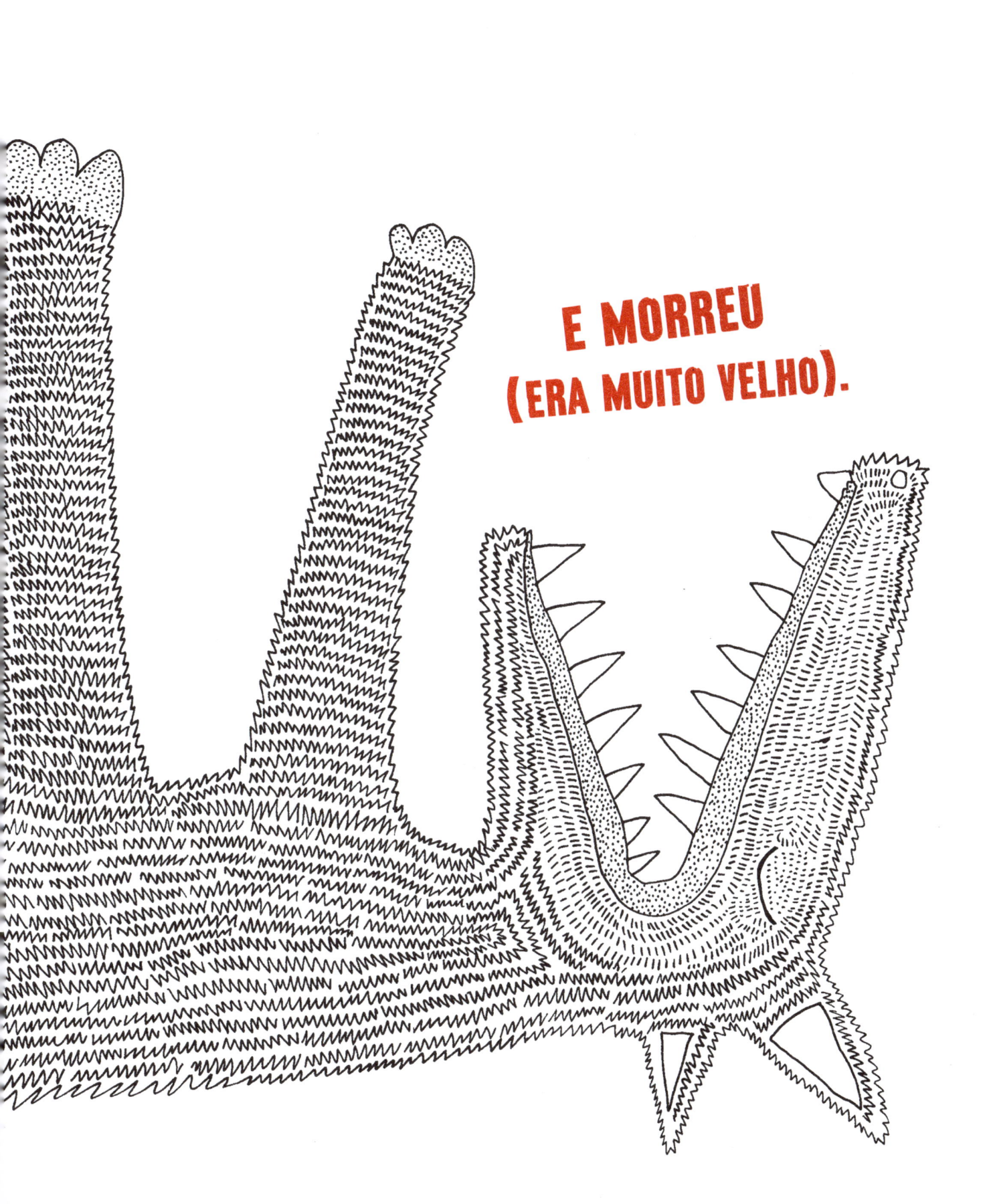

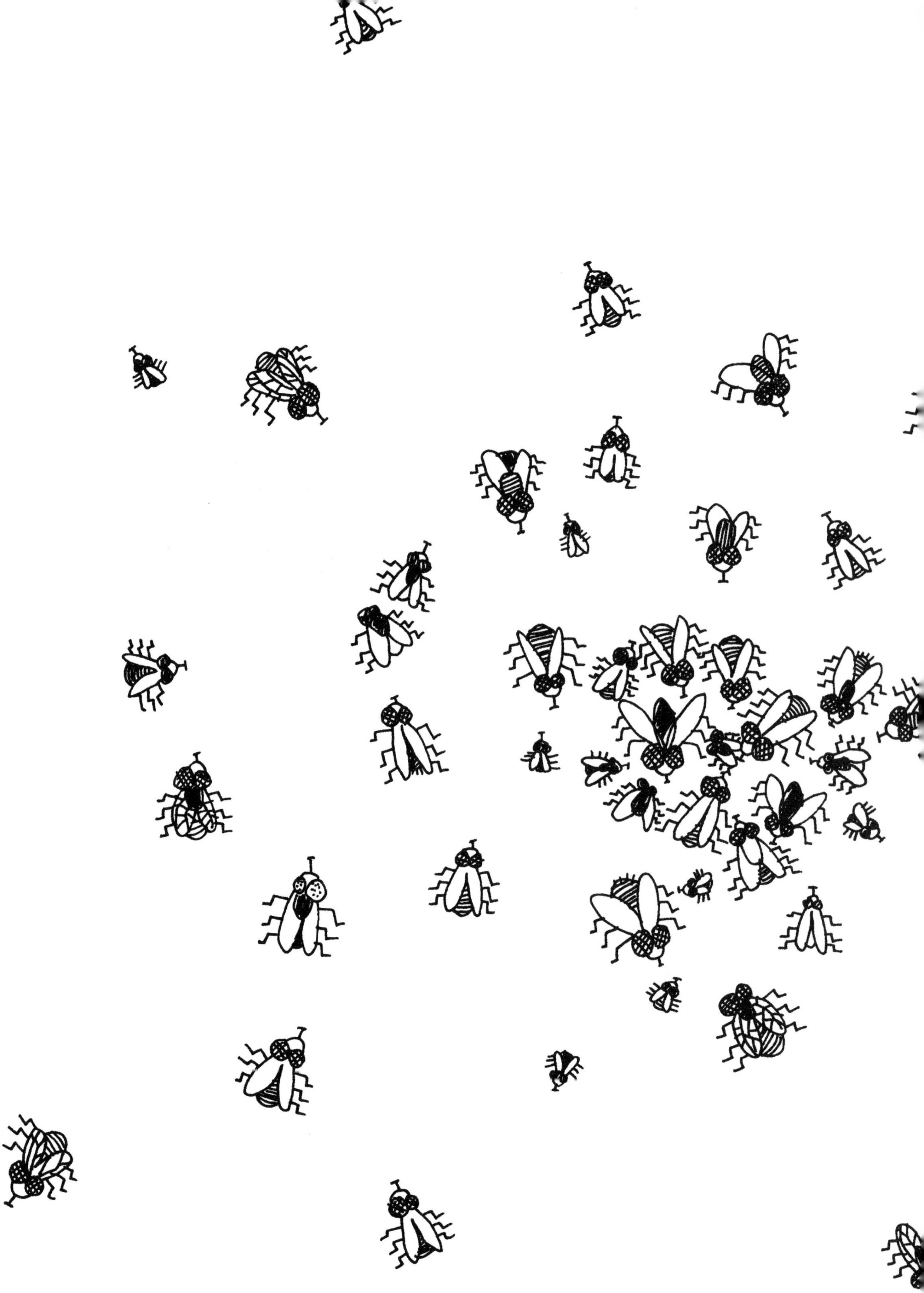

DO LOBO NASCERAM MOSCAS.

✱ Algumas variedades de moscas se alimentam de carniça e colocam seus ovos na carne em decomposição.

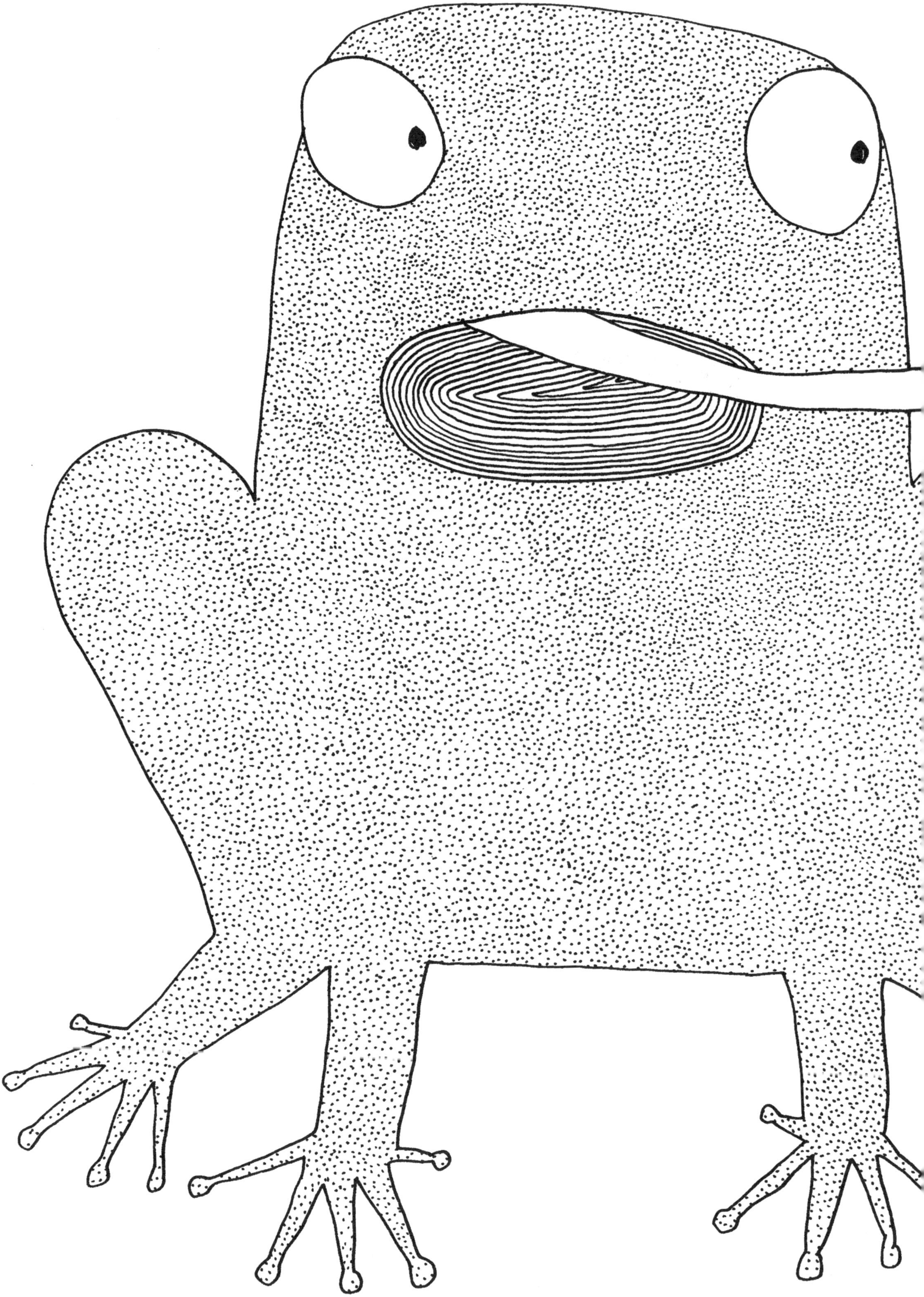

A RÃ COMEU UMA MOSCA,

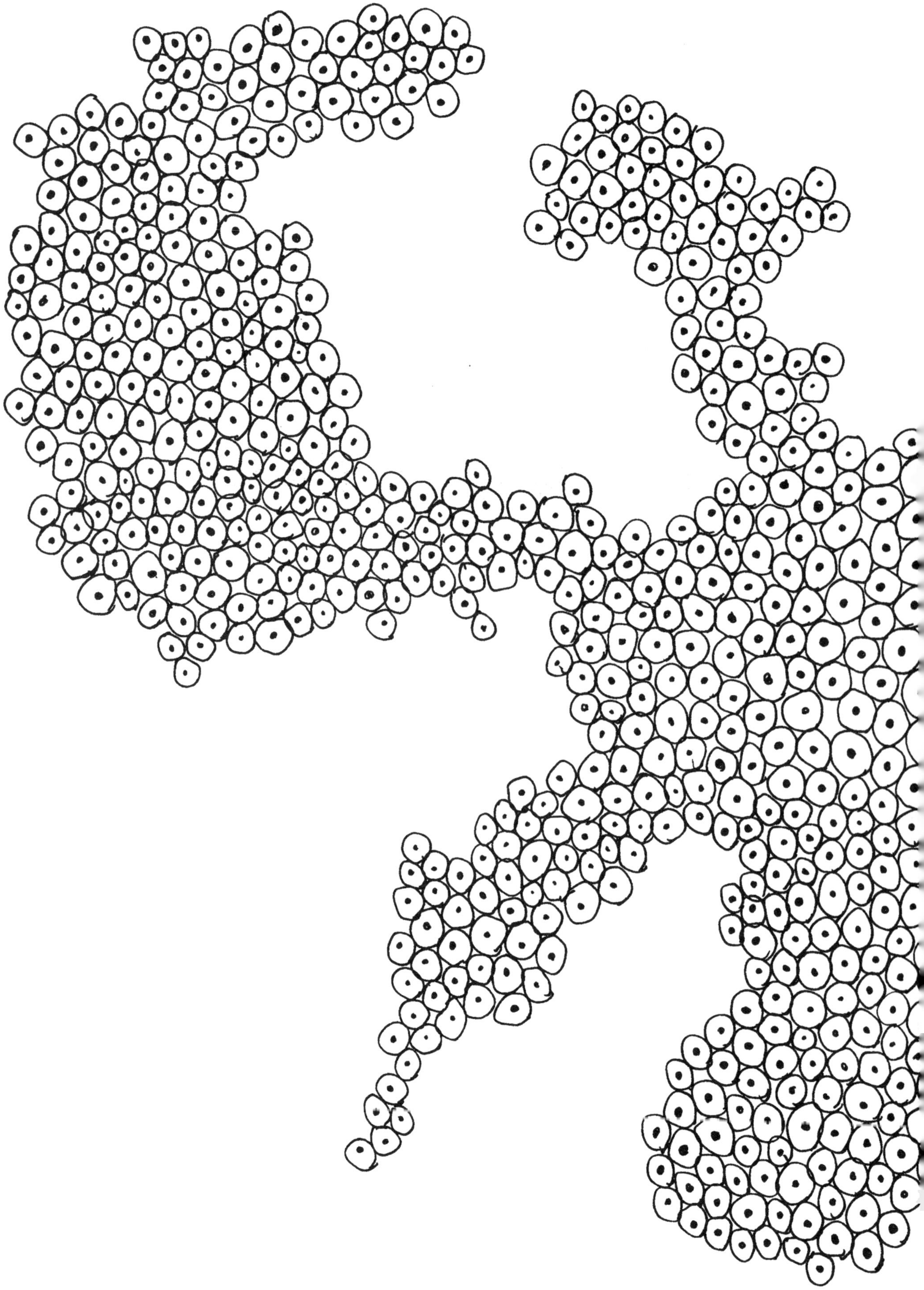

E DEPOIS BOTOU SEUS OVINHOS.

* As rãs são anfíbios que depositam uma massa de minúsculos ovos, dos quais nascerão os girinos.

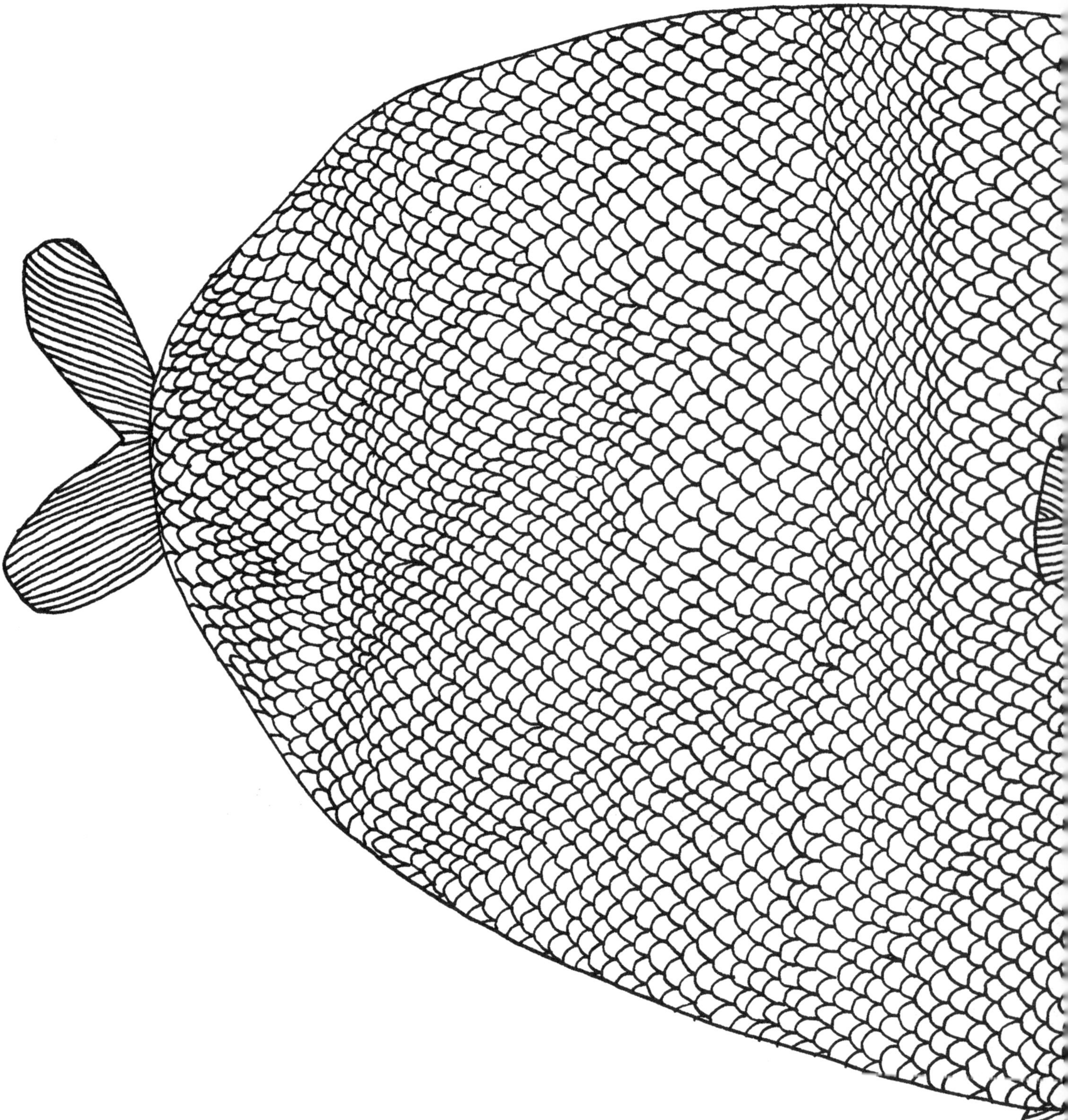

O PEIXE COMEU OS OVOS.

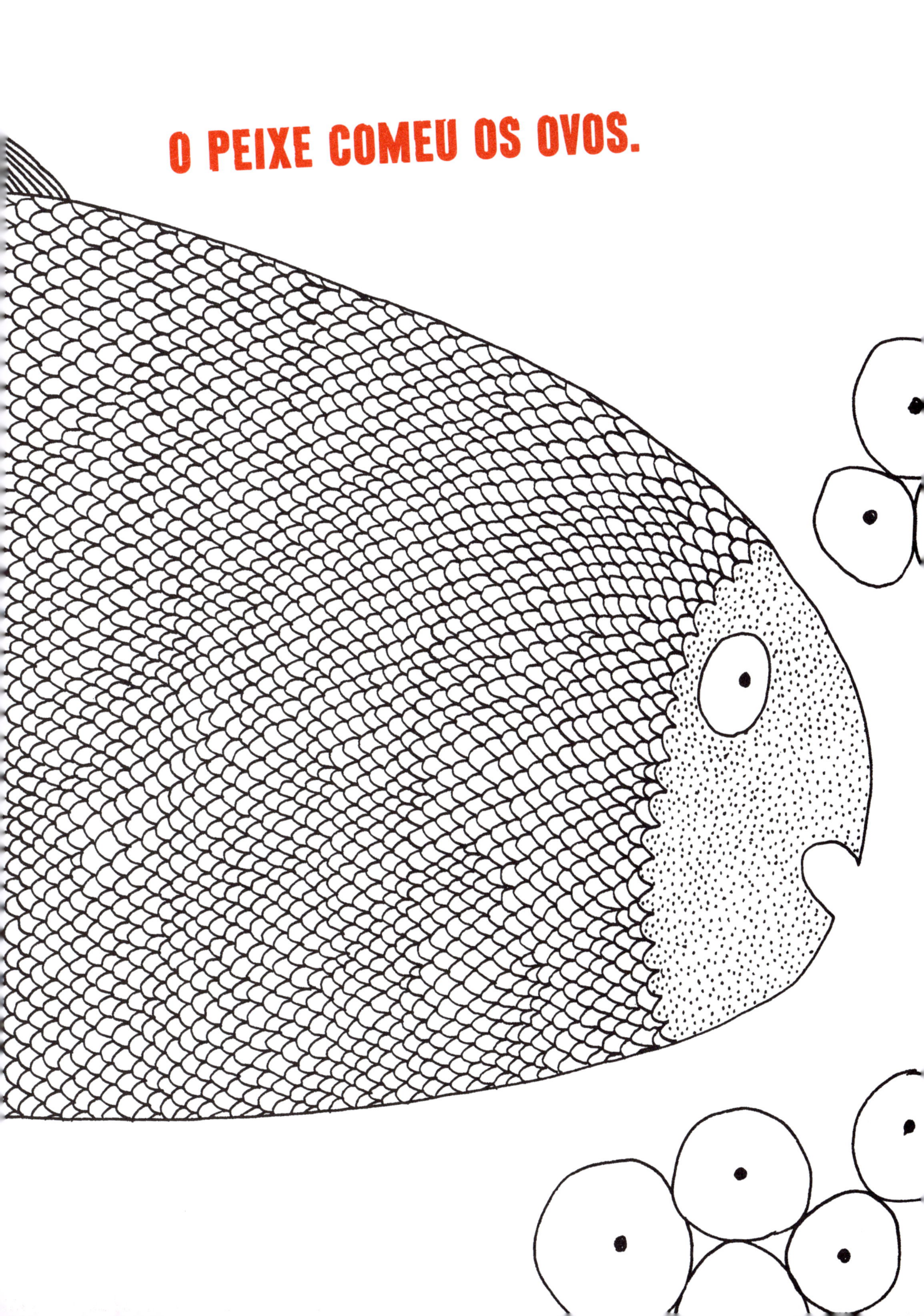

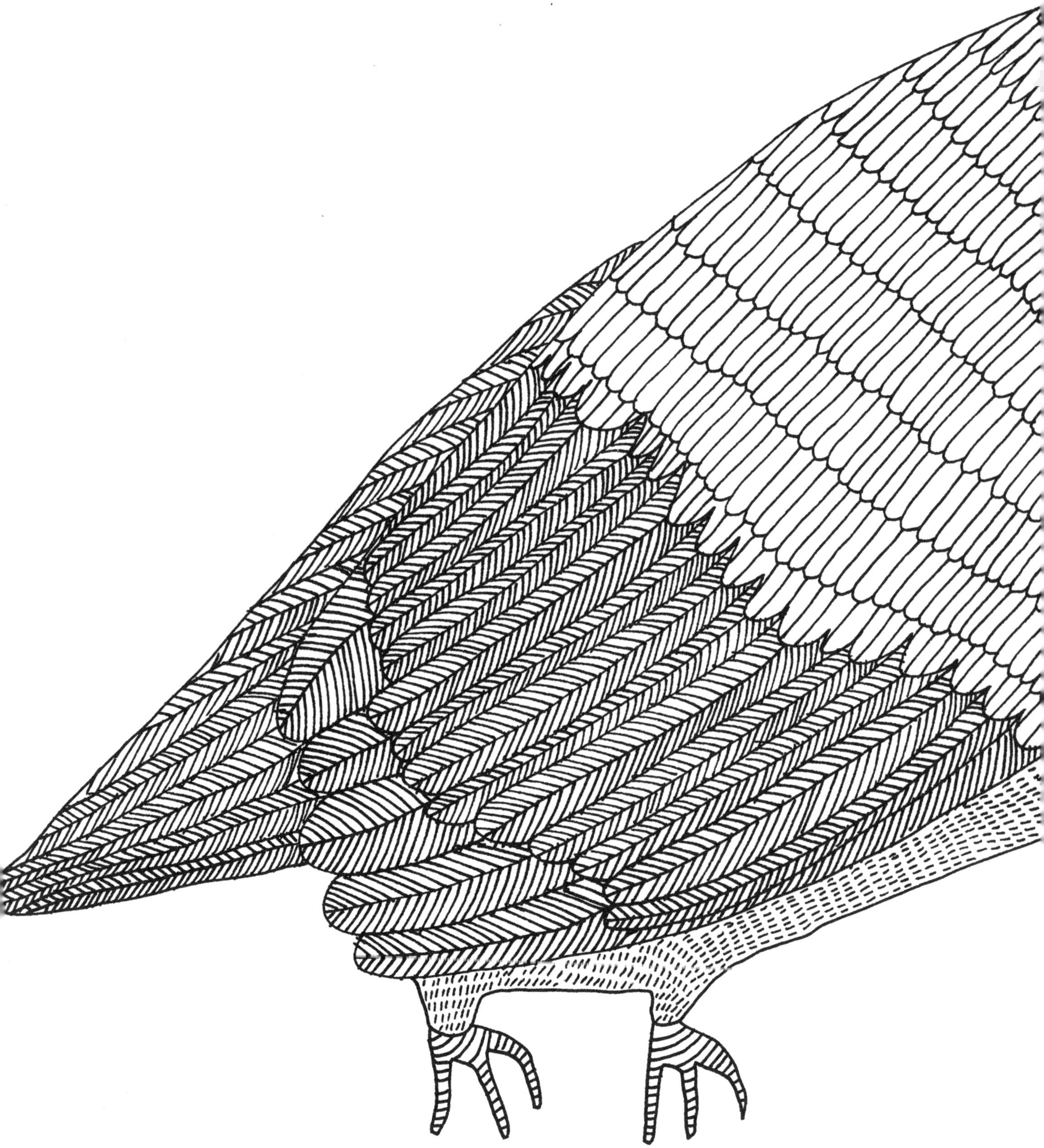

O MARTIM-PESCADOR COMEU O PEIXE,

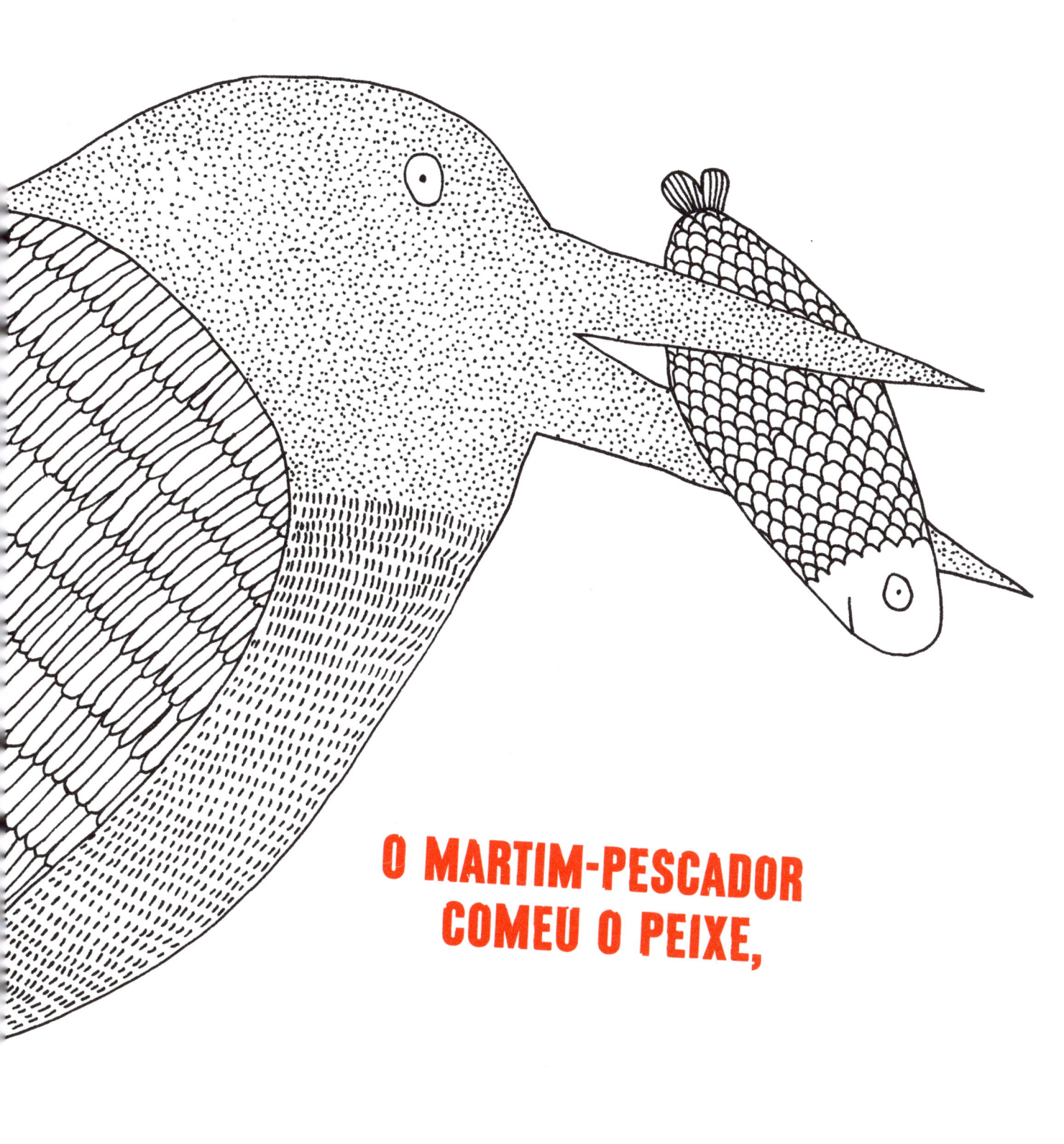

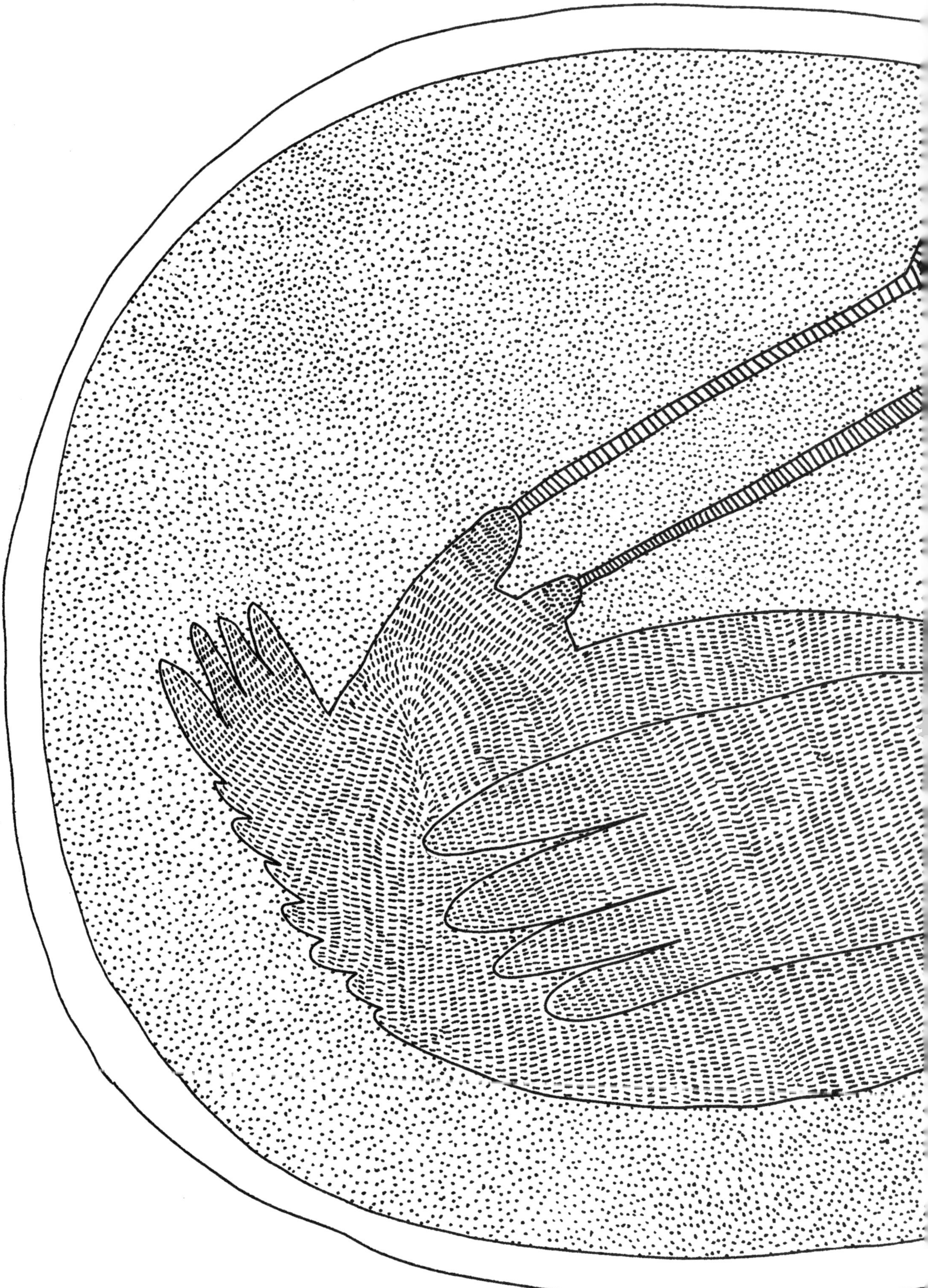

E DEPOIS BOTOU UM OVO,

※ Martim-pescador é uma ave que encaixa seu bico numa pequena galeria subterrânea para fazer seu ninho. Seus ovos são muito brancos e brilhantes.

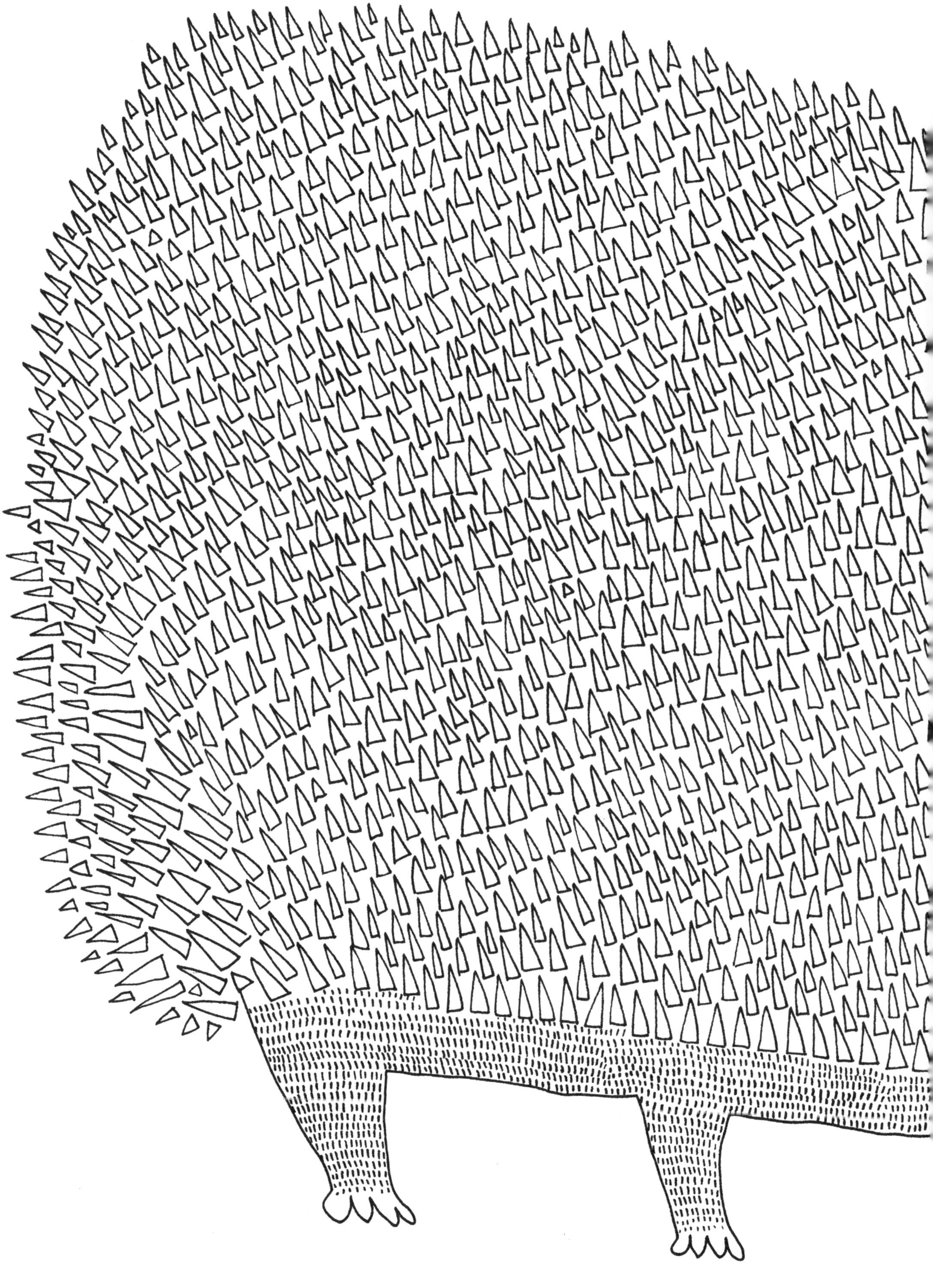

QUE O OURIÇO COMEU.

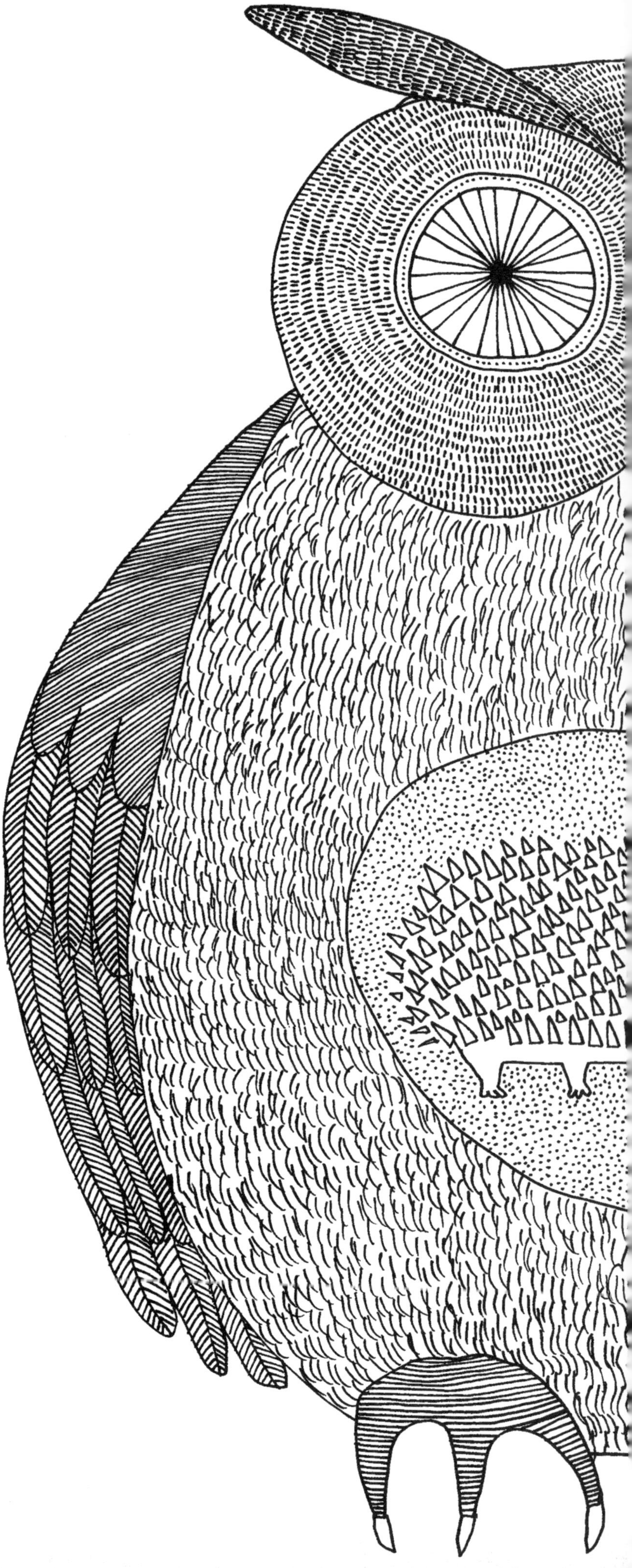

A CORUJA CAÇOU O OURIÇO.

✳ Não há muitos animais capazes de comer um ouriço. De tempos em tempos, esta ave regurgita os restos de comida que não conseguiu digerir, como ossos, dentes, pelos, plumas e espinhos de ouriço!

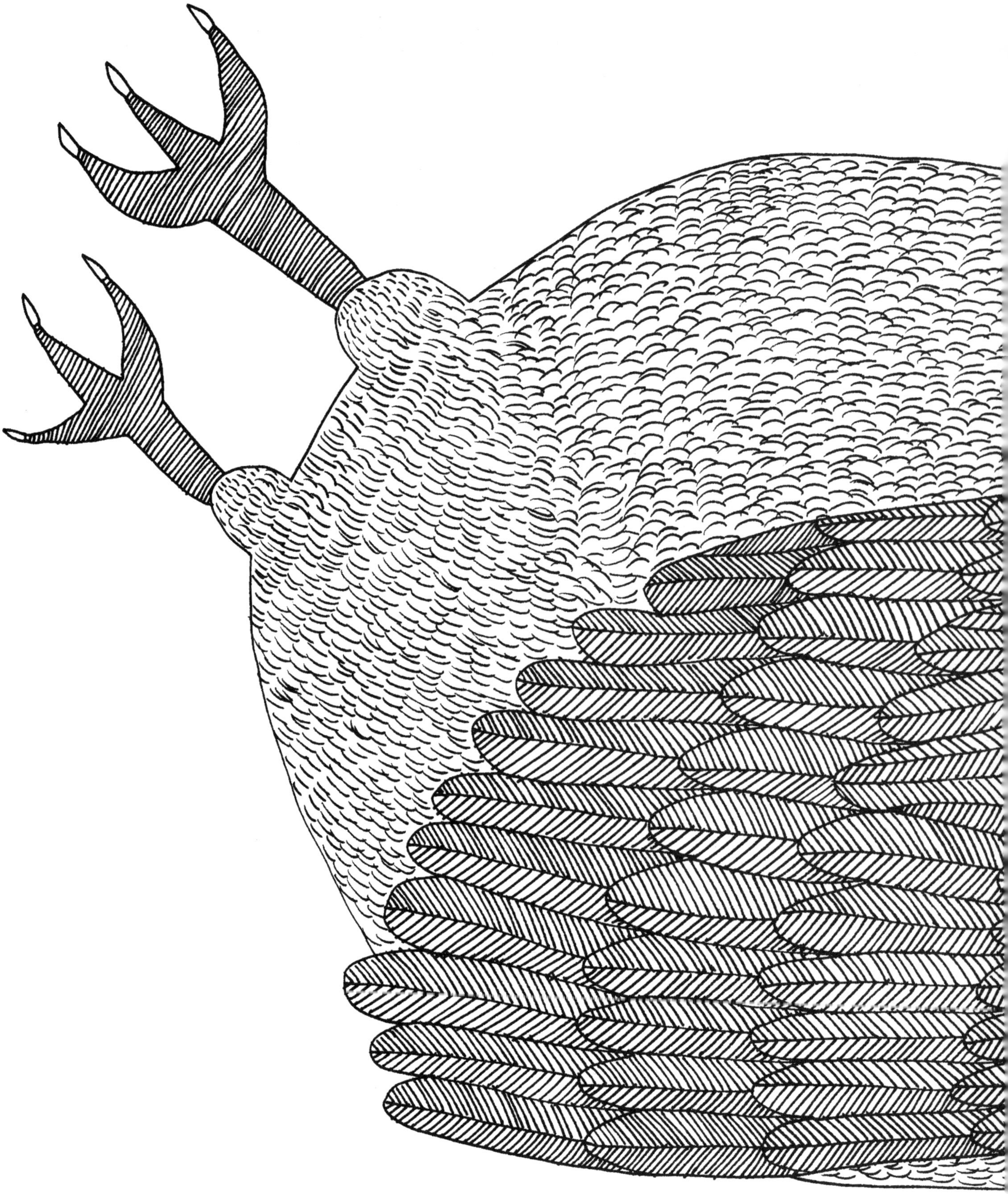

A CORUJA MORREU
(COMO O LOBO,
ERA MUITO VELHA).

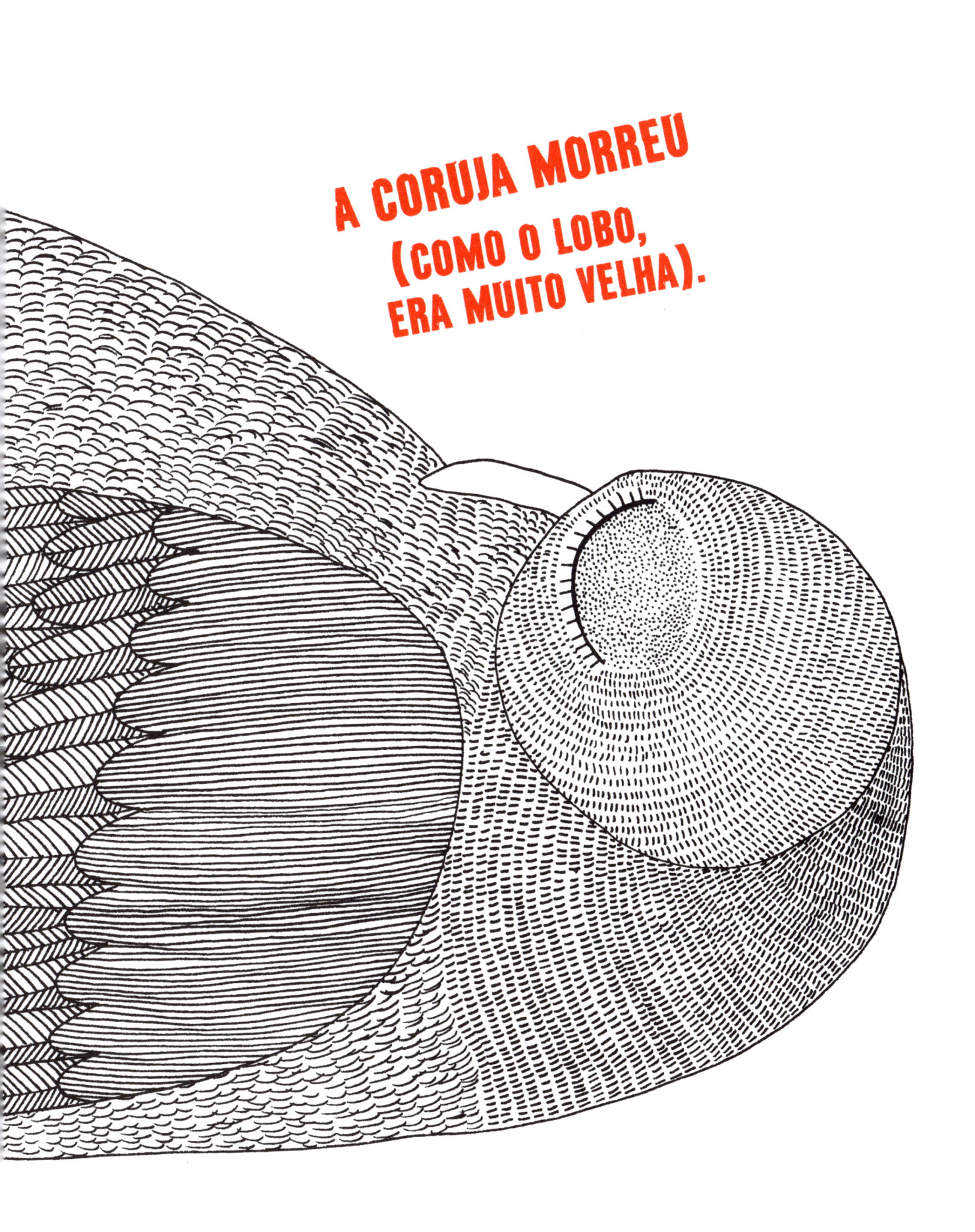

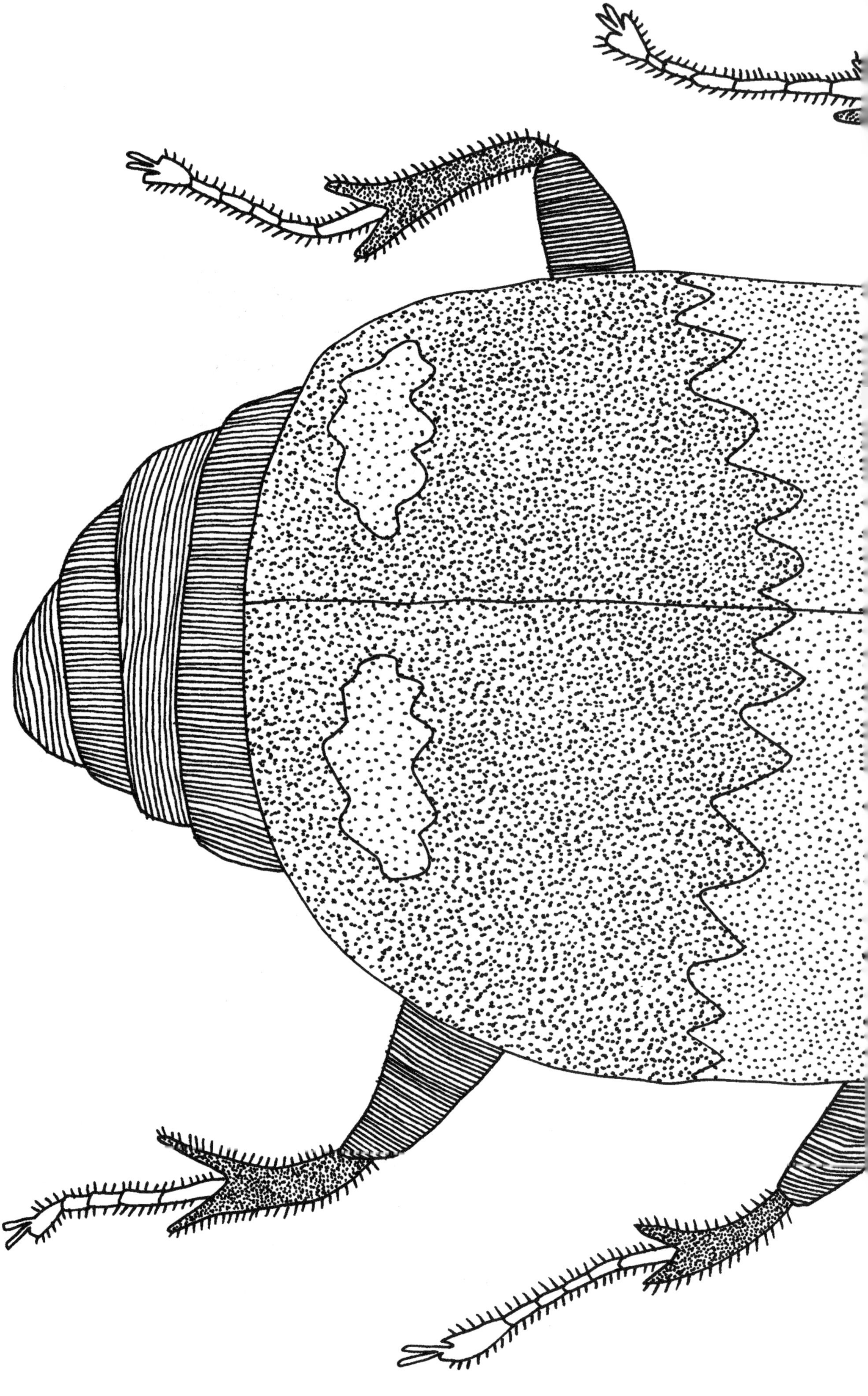

O BESOURO-COVEIRO COMEU A CORUJA.

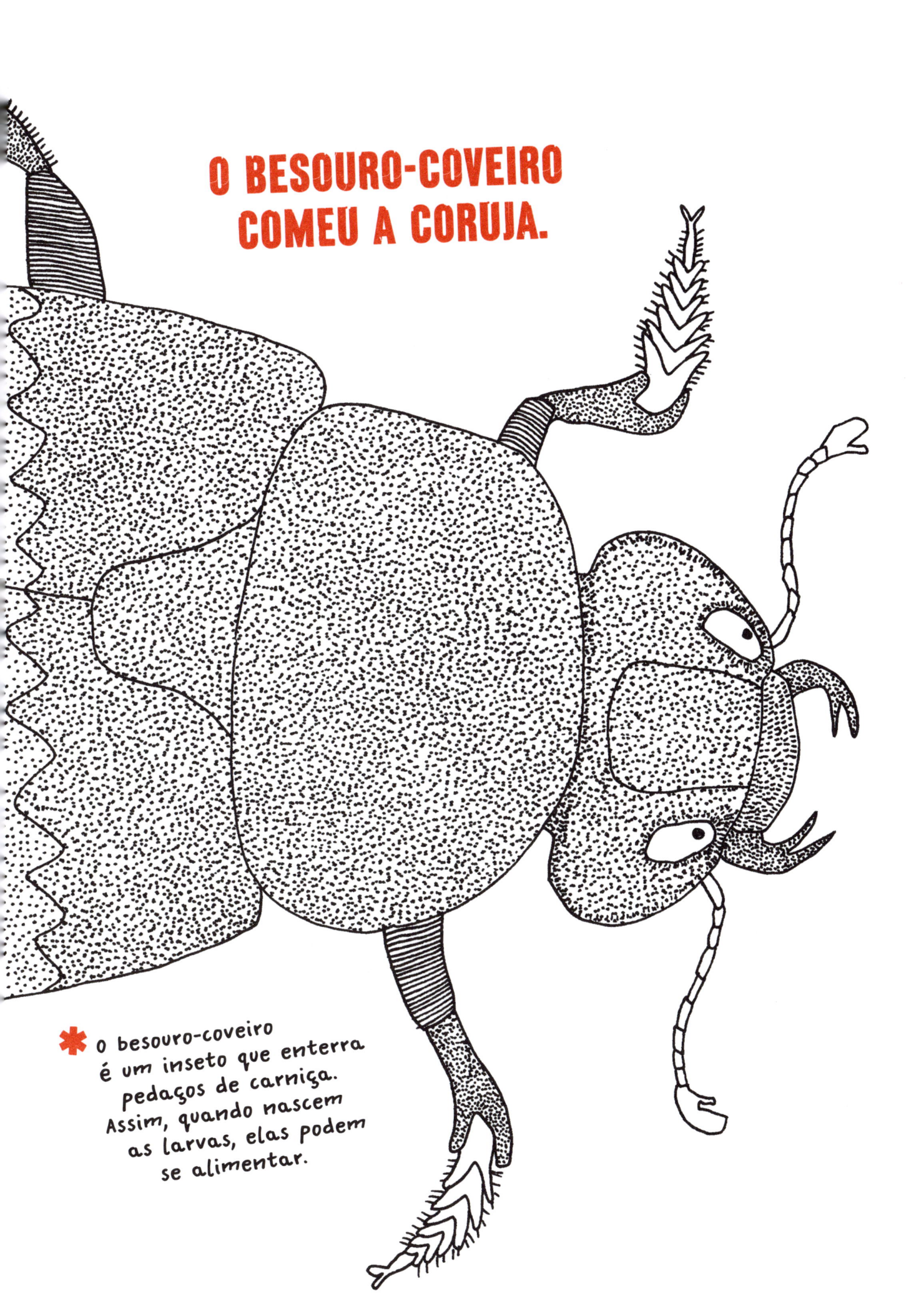

✷ o besouro-coveiro é um inseto que enterra pedaços de carniça. Assim, quando nascem as larvas, elas podem se alimentar.

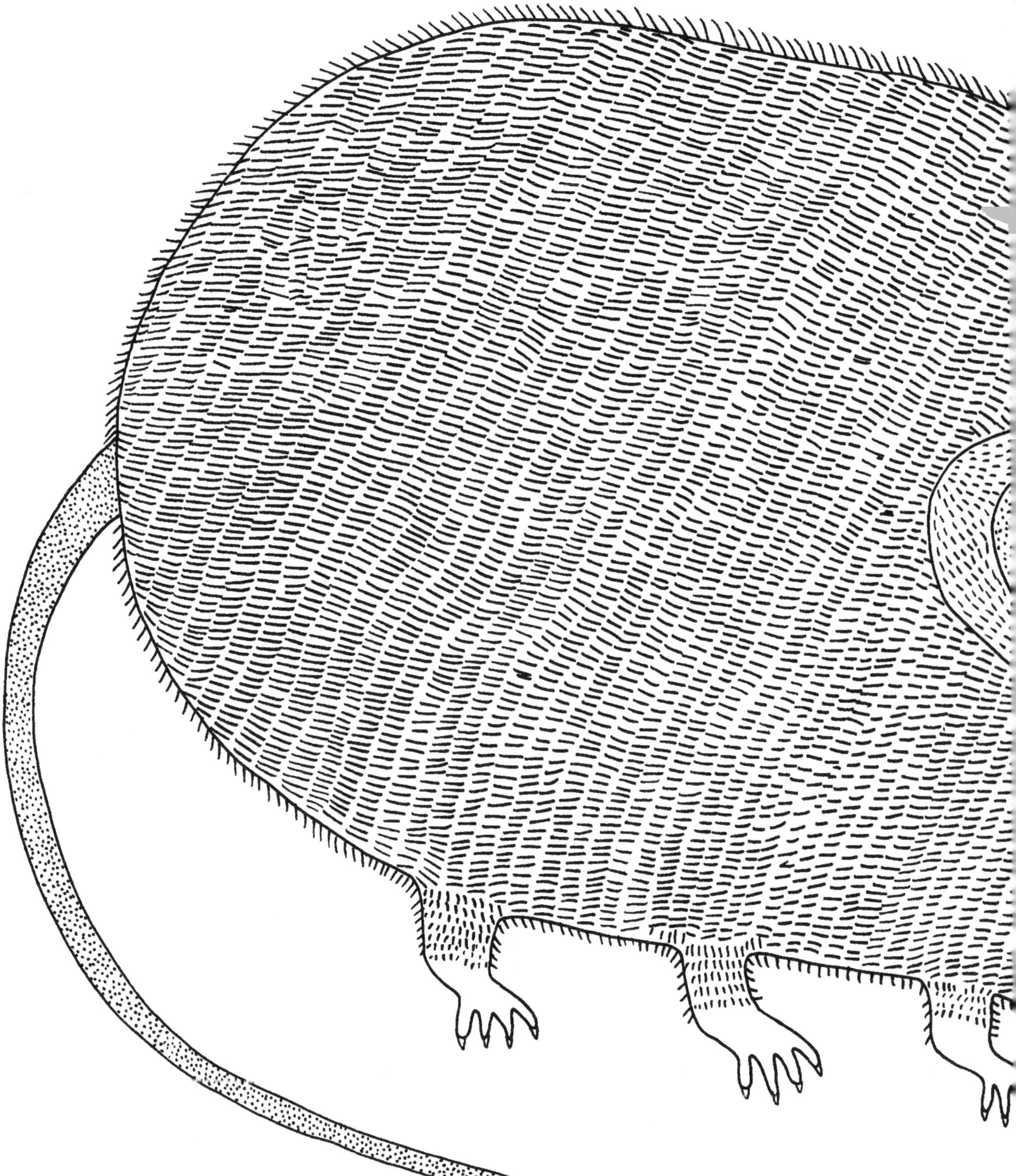

O RATO COMEU O BESOURO-COVEIRO.

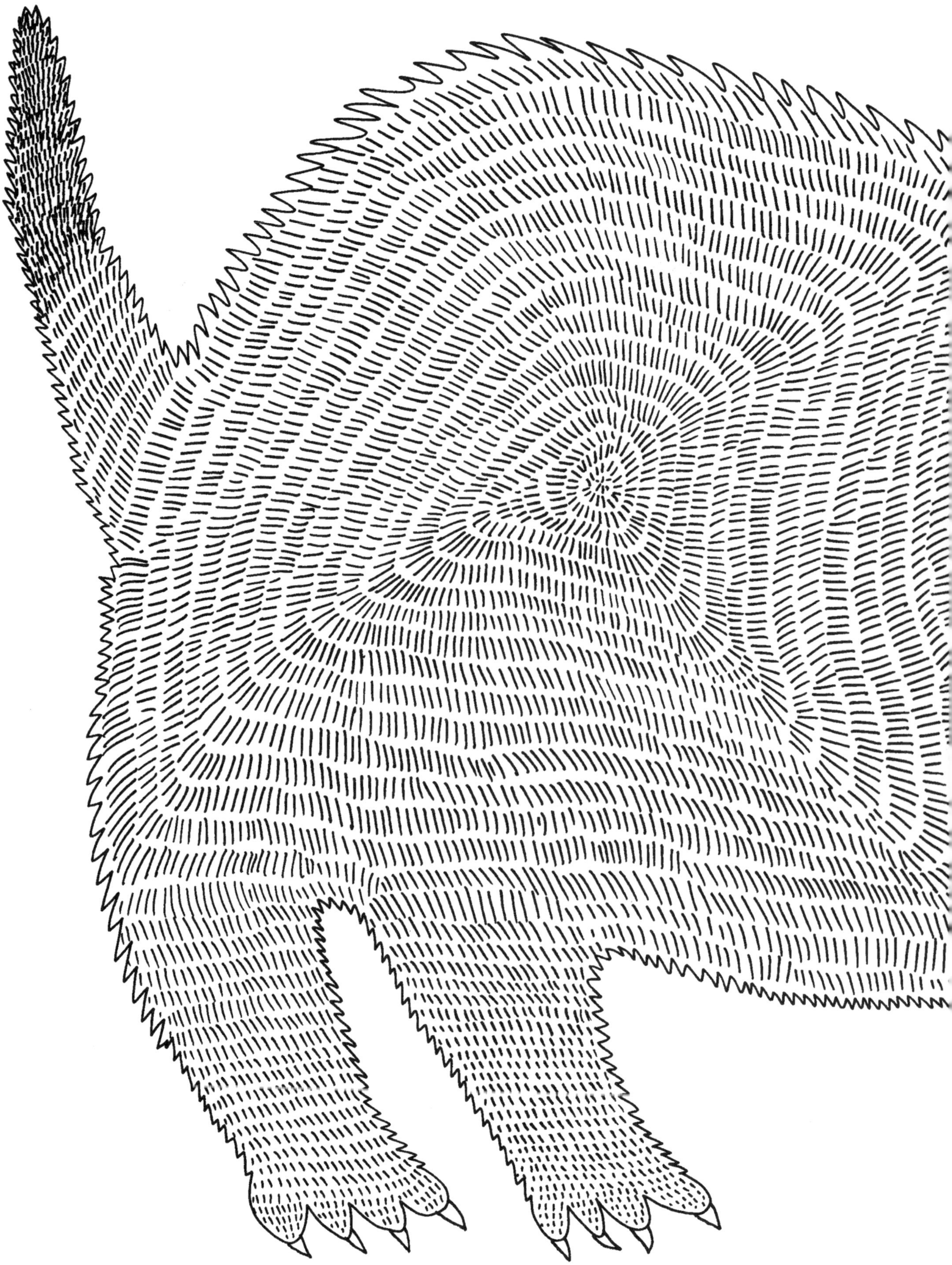

O LINCE COMEU O RATO,

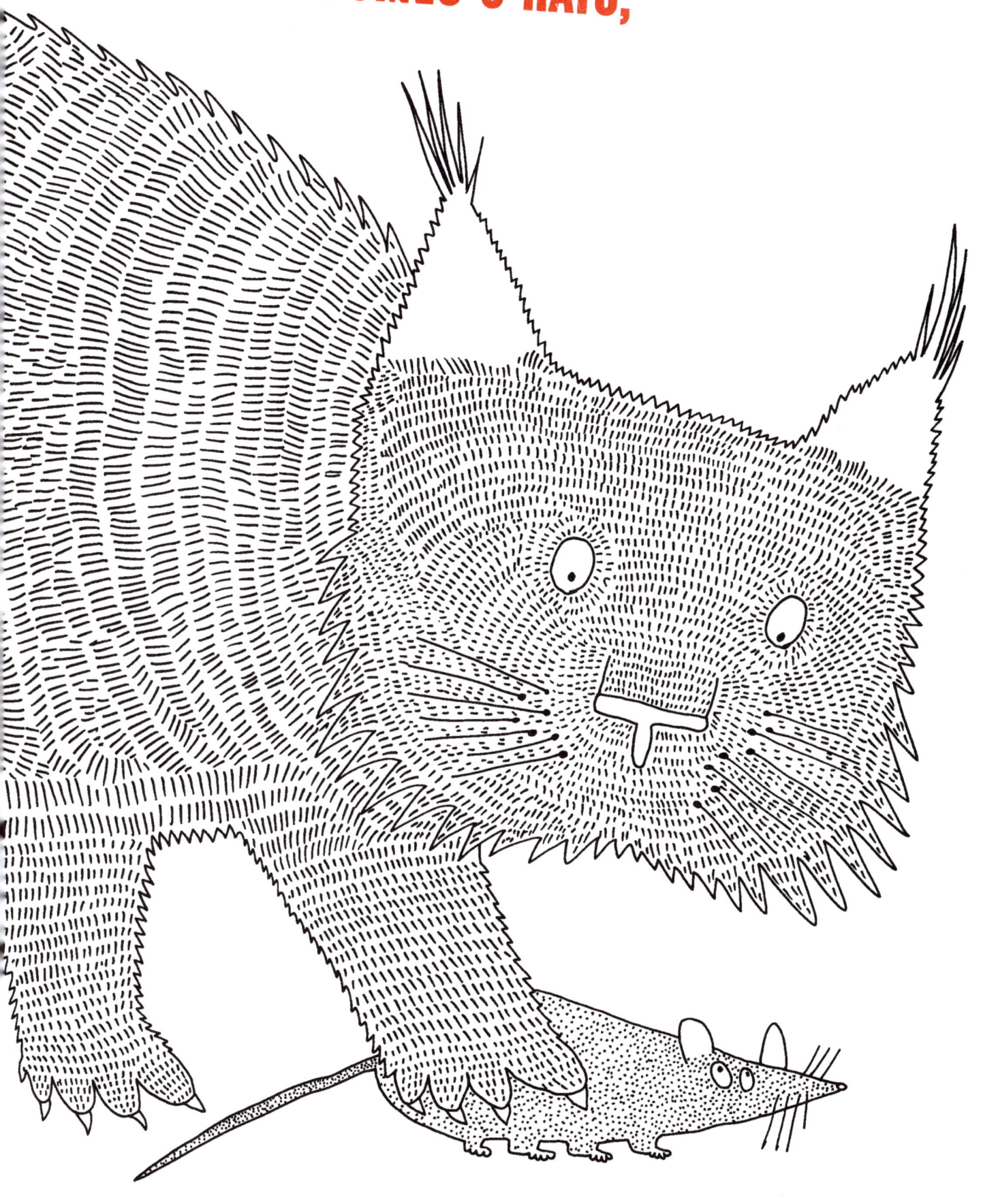

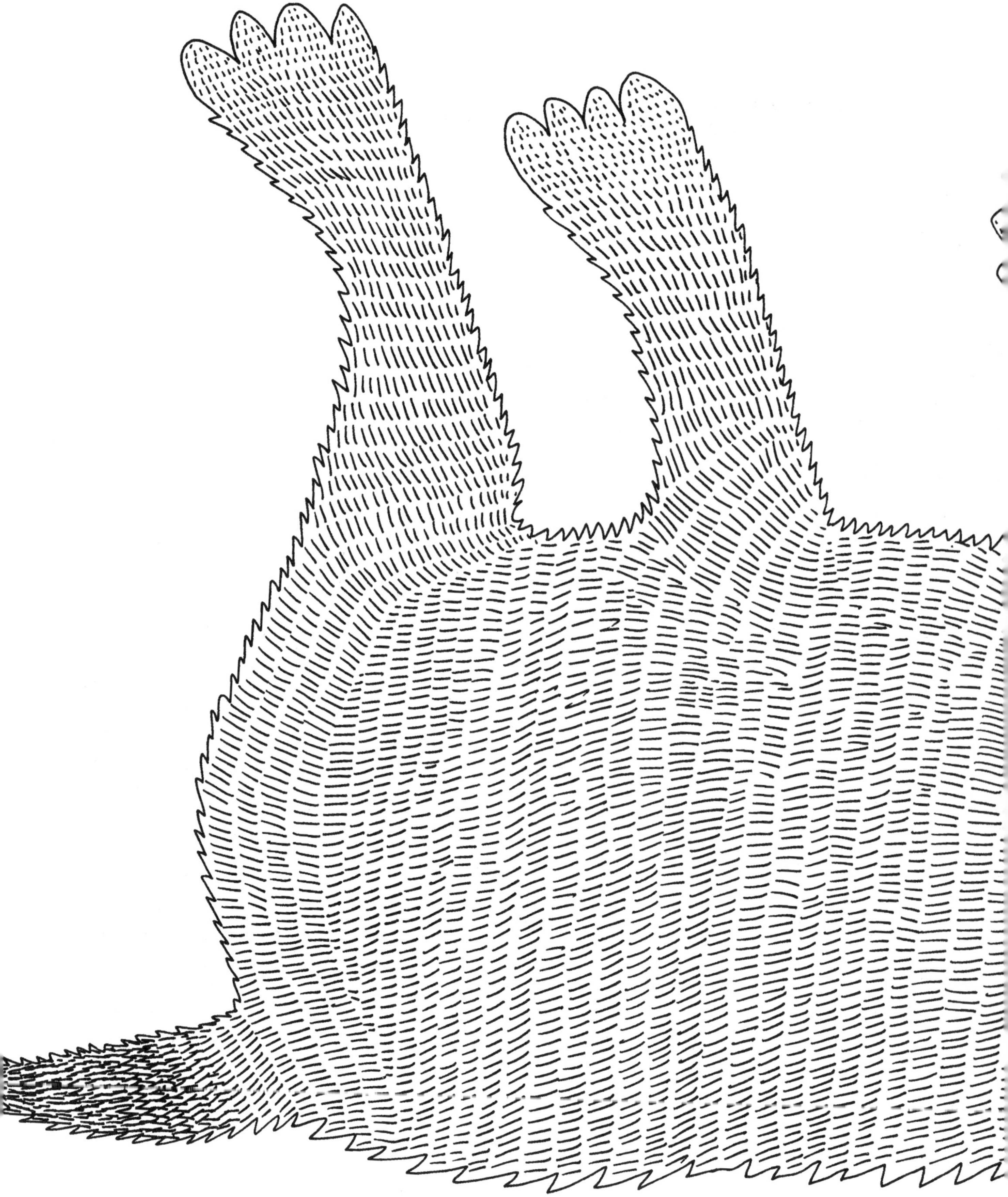

**E MORREU
(VOCÊ JÁ SABE POR QUÊ).**

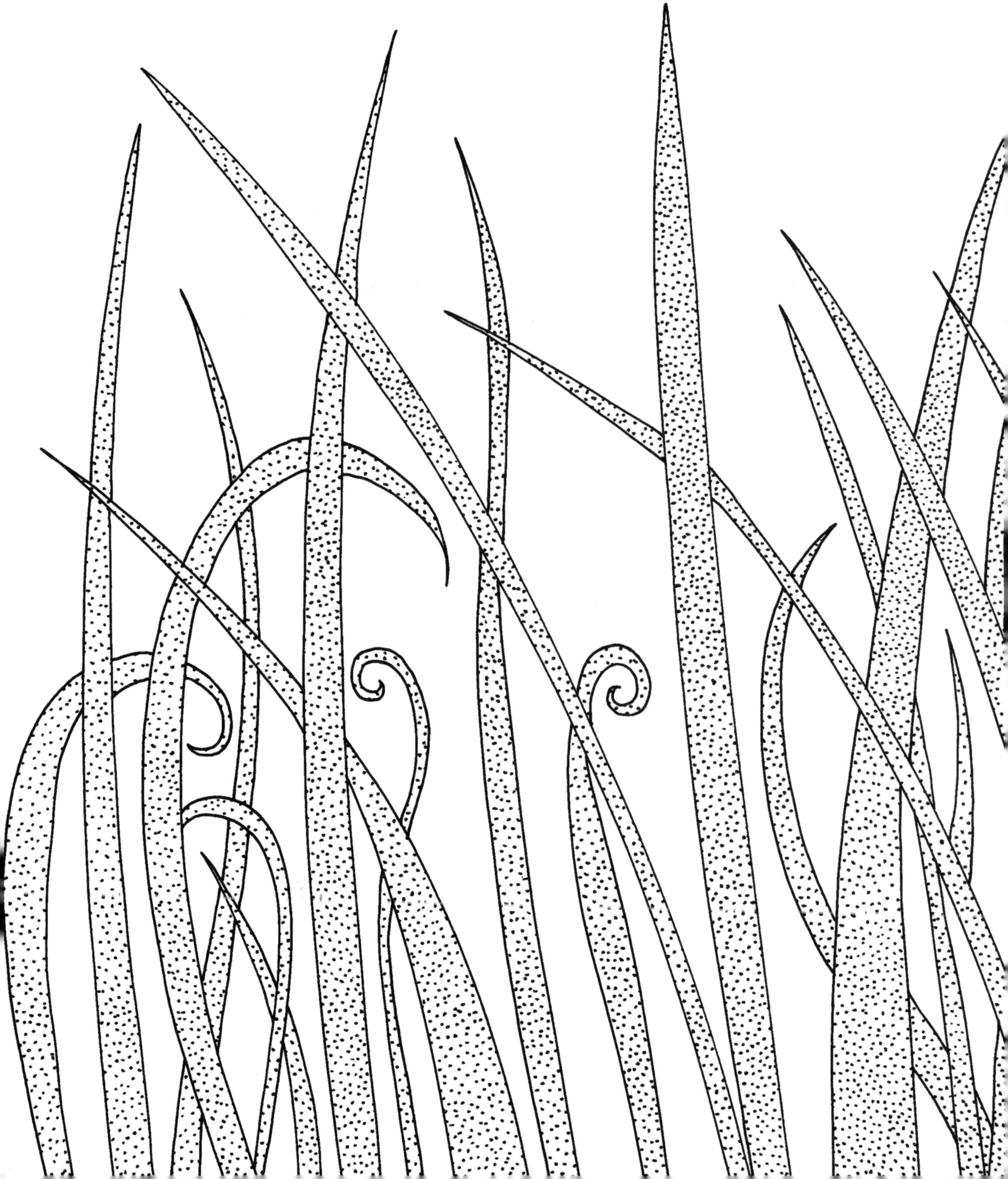

NESSE LUGAR CRESCEU A GRAMA.

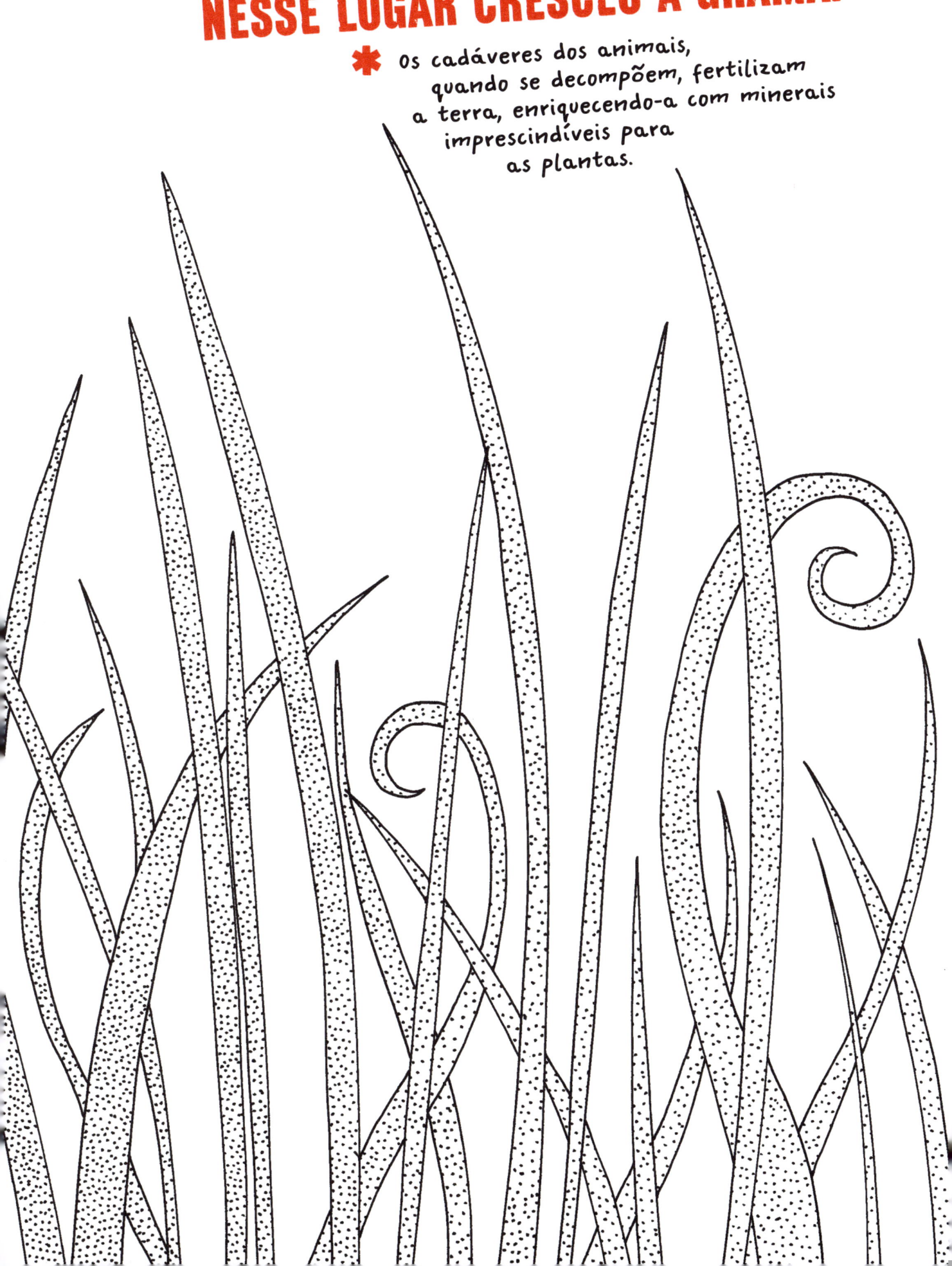

✱ Os cadáveres dos animais, quando se decompõem, fertilizam a terra, enriquecendo-a com minerais imprescindíveis para as plantas.

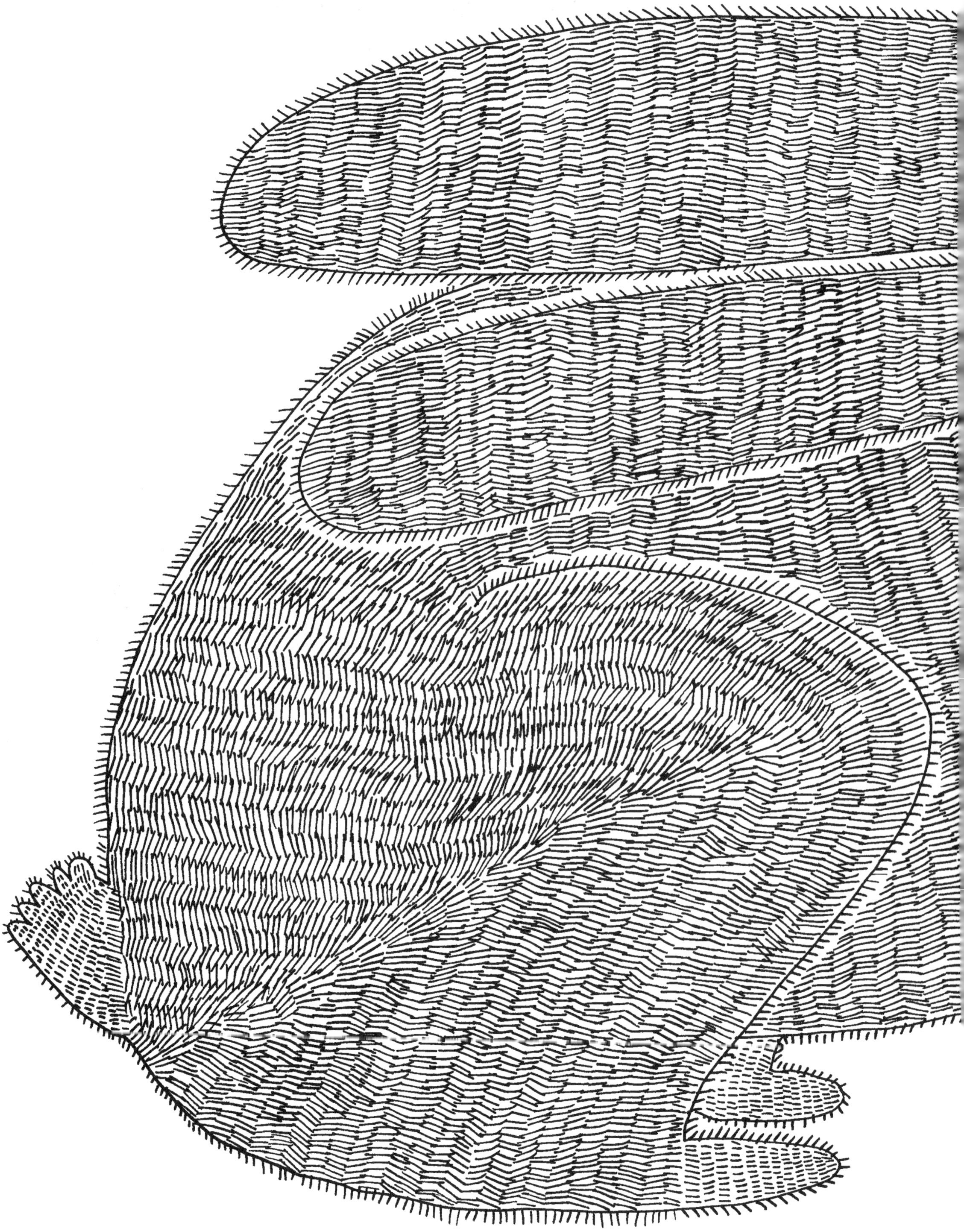

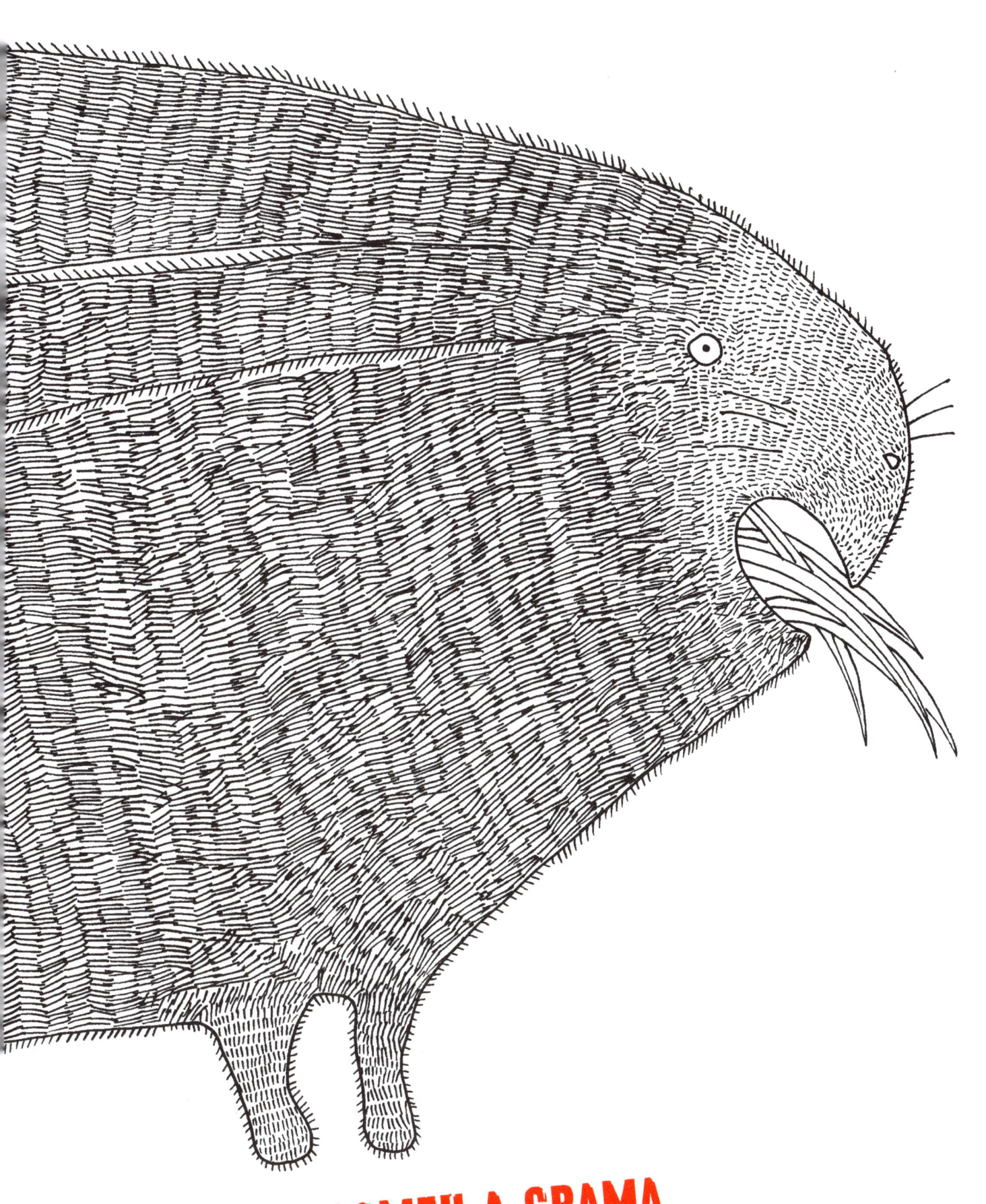

A LEBRE COMEU A GRAMA.

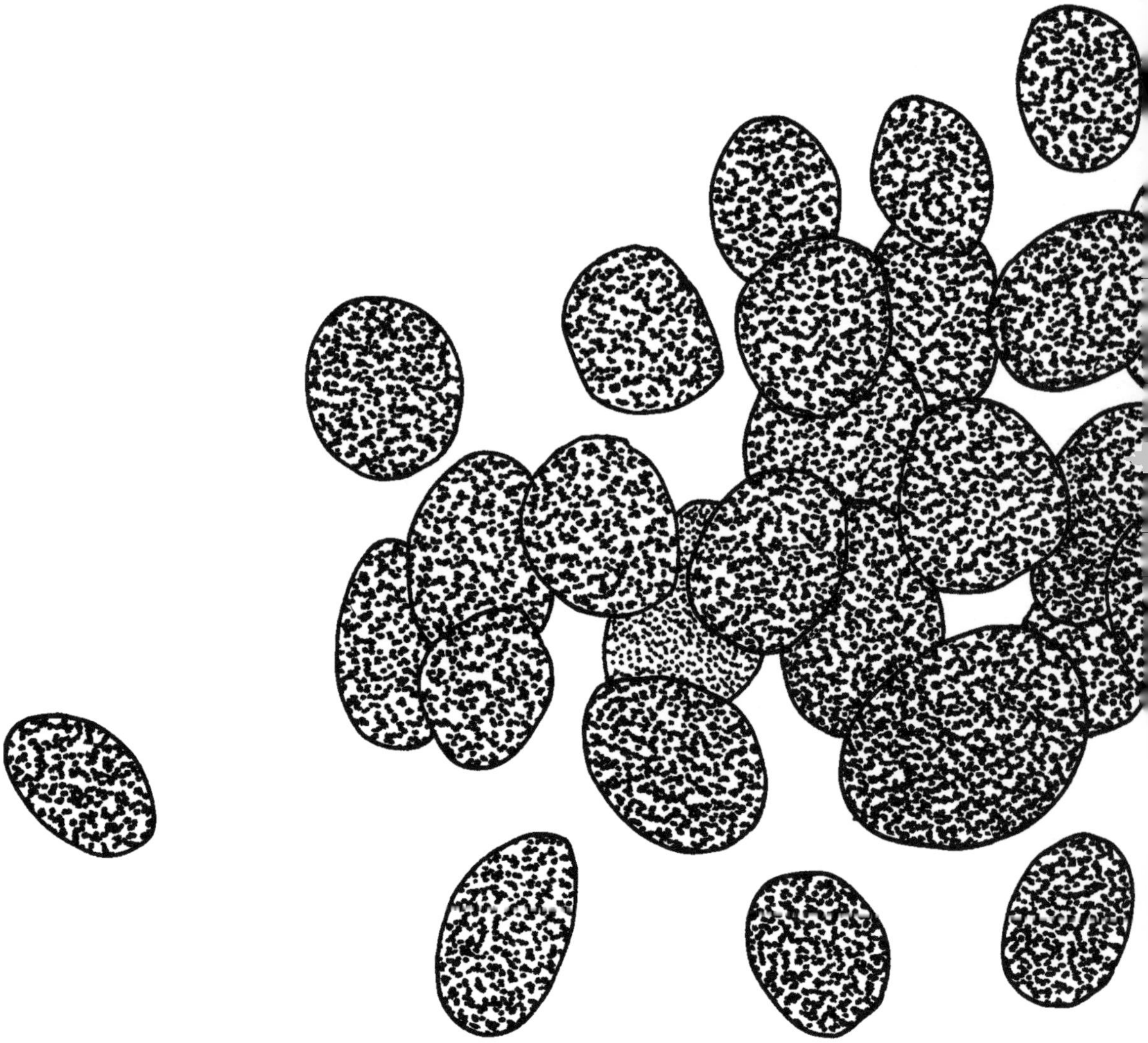

E LOGO DEPOIS FEZ COCÔ.

O BESOURO-DO-ESTERCO FEZ UMA BOLA COM O COCÔ DA LEBRE.

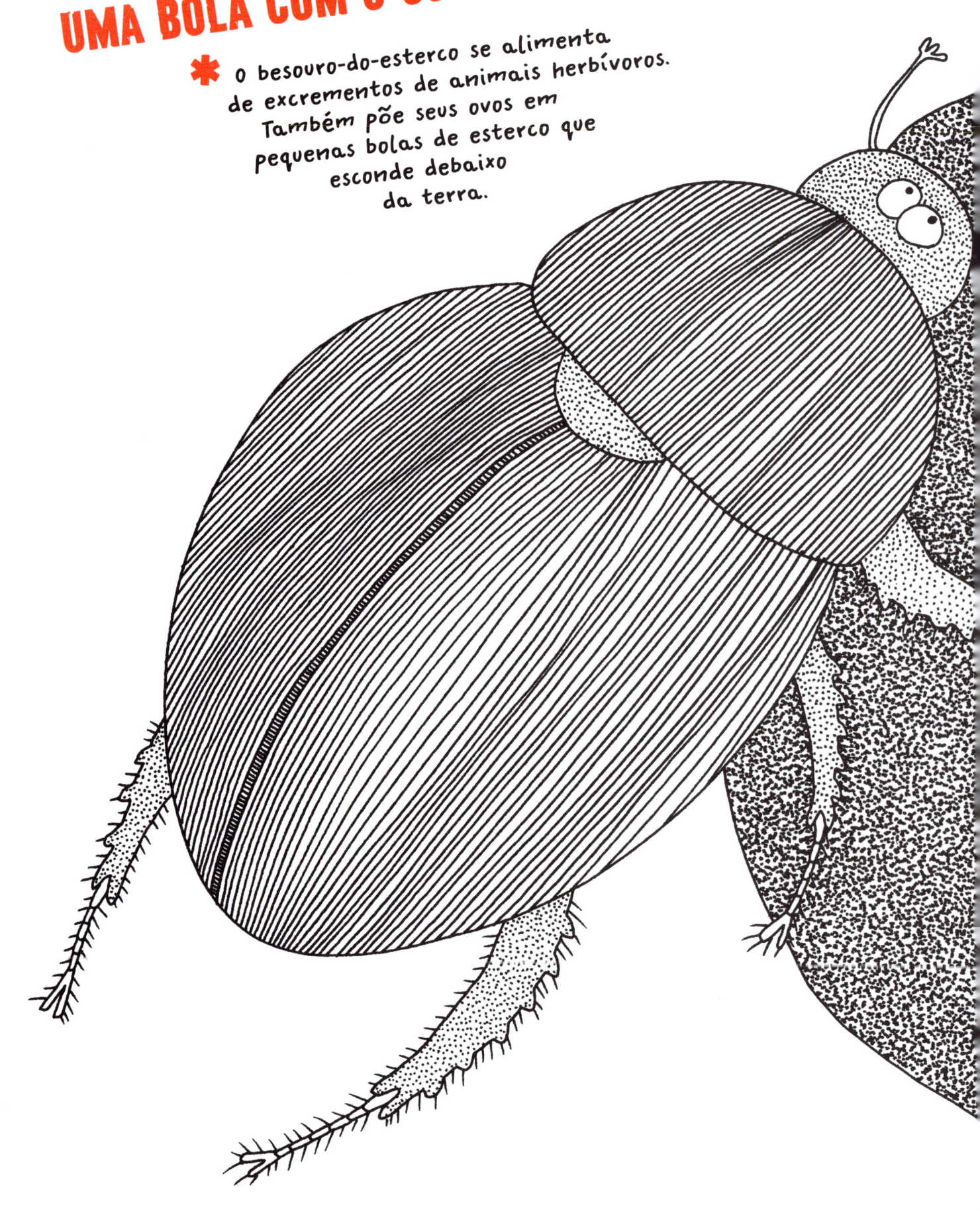

✳ o besouro-do-esterco se alimenta de excrementos de animais herbívoros. Também põe seus ovos em pequenas bolas de esterco que esconde debaixo da terra.

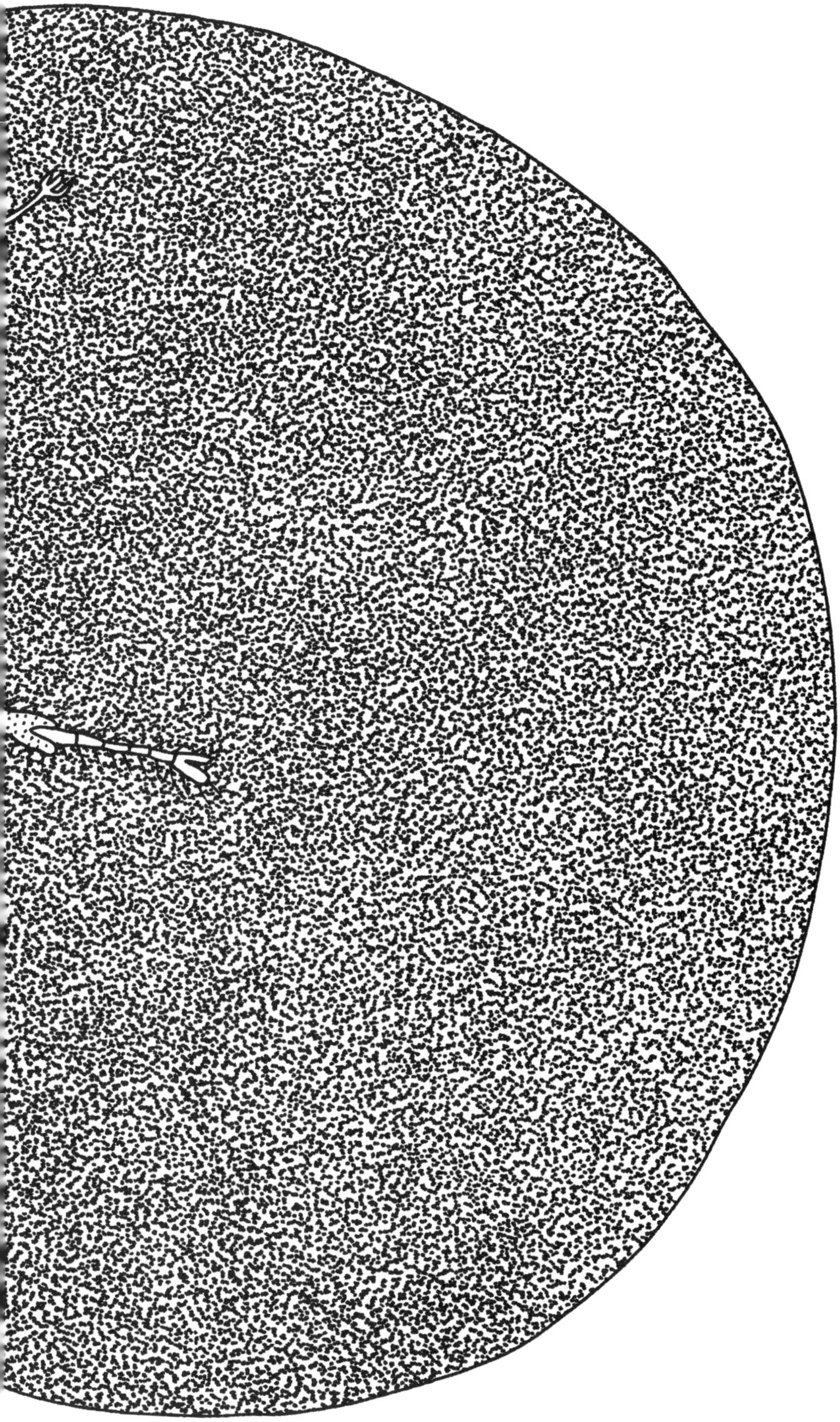

O MUSARANHO COMEU O BESOURO-DO-ESTERCO.

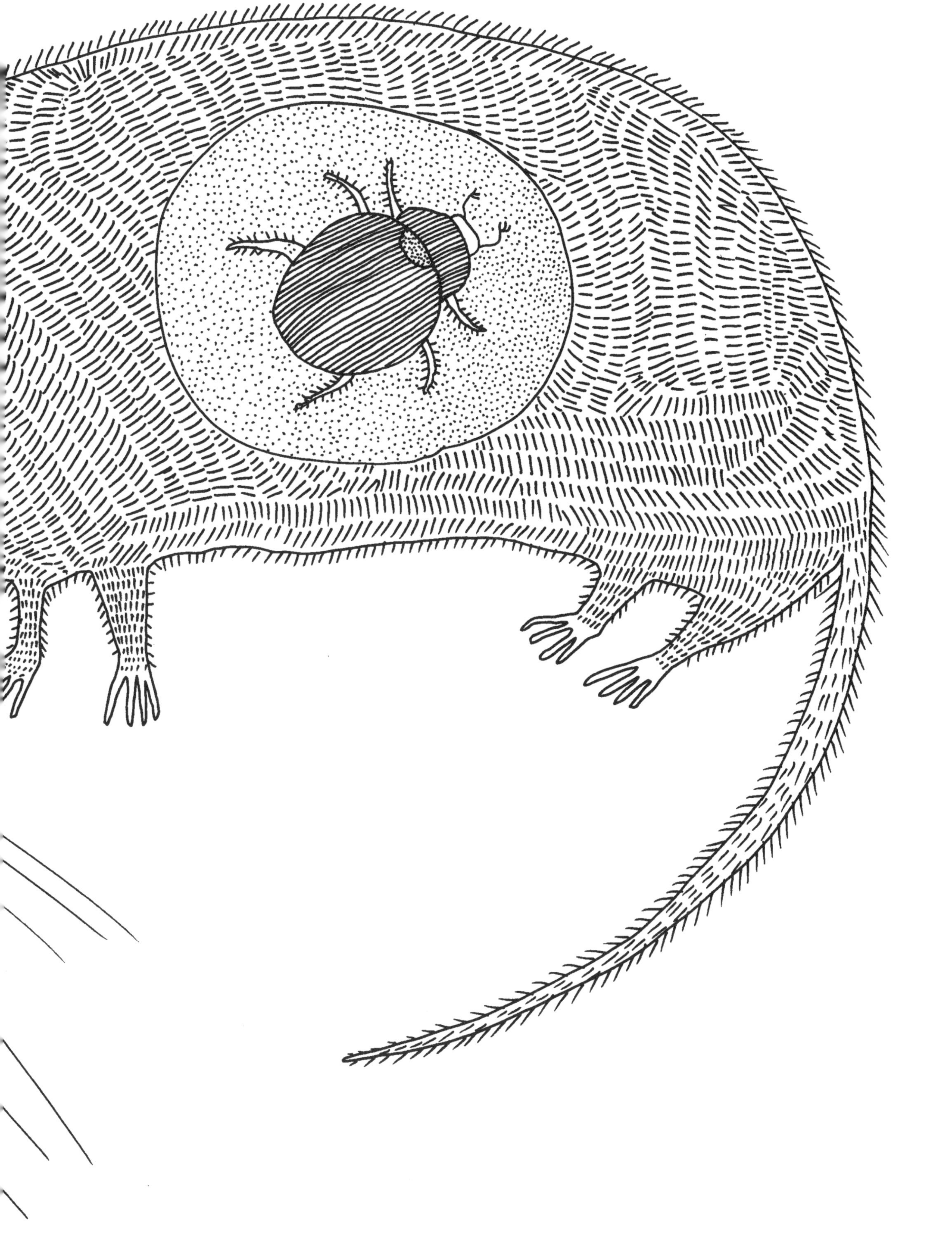

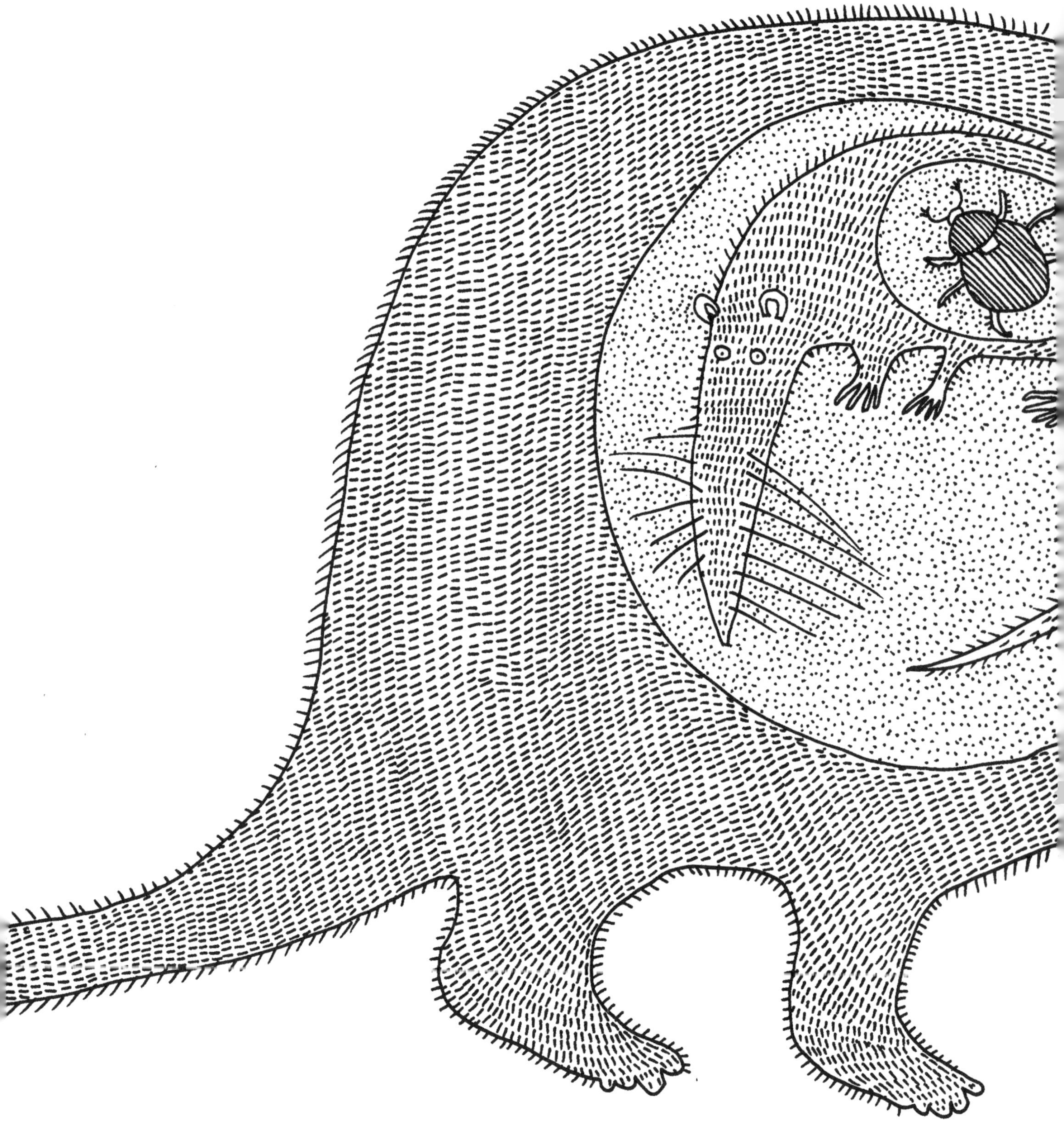

A DONINHA COMEU O MUSARANHO.

O GATO-SELVAGEM COMEU A DONINHA,

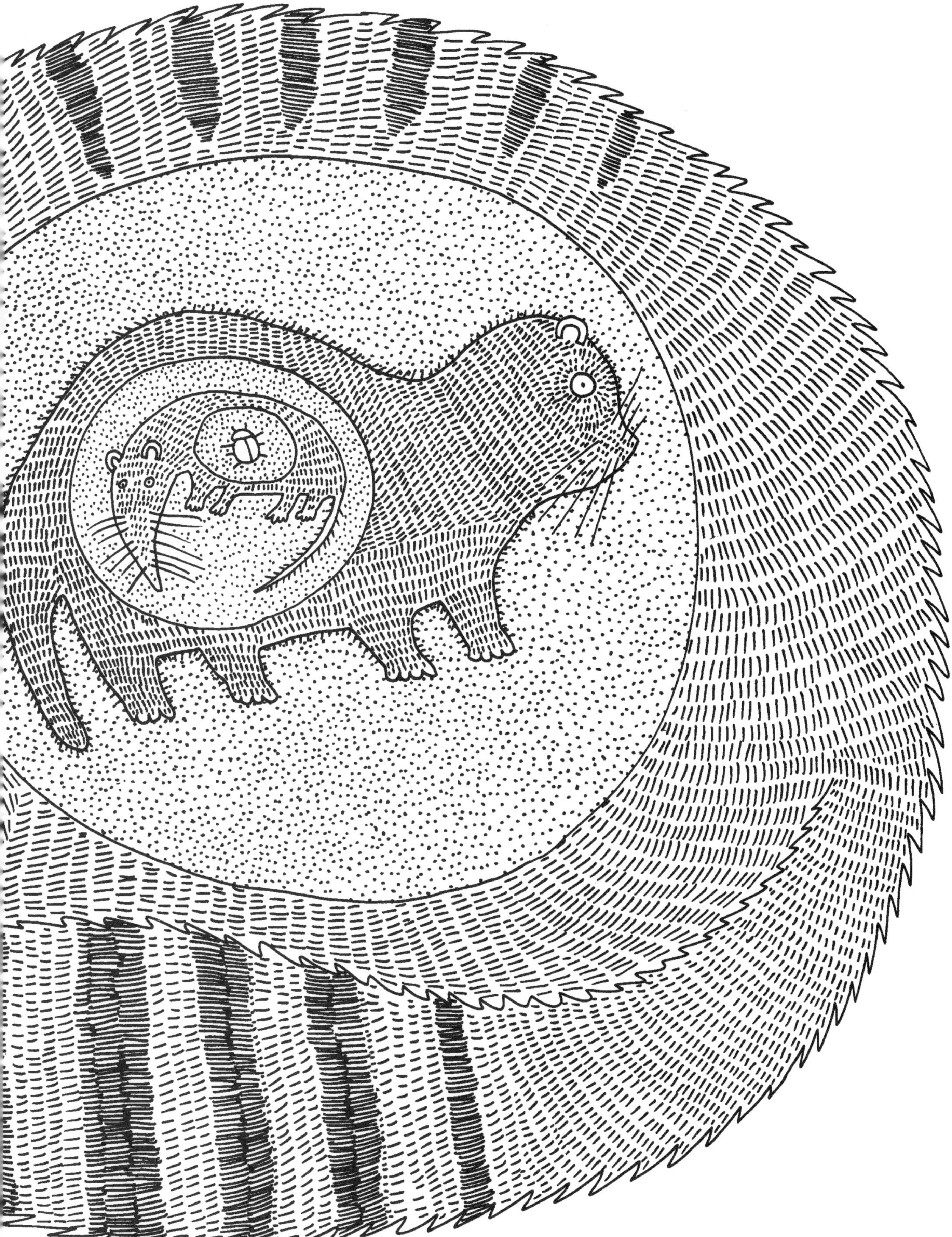

E LOGO DEPOIS MORREU (JÁ HAVIA CUMPRIDO SEU CICLO DE VIDA).

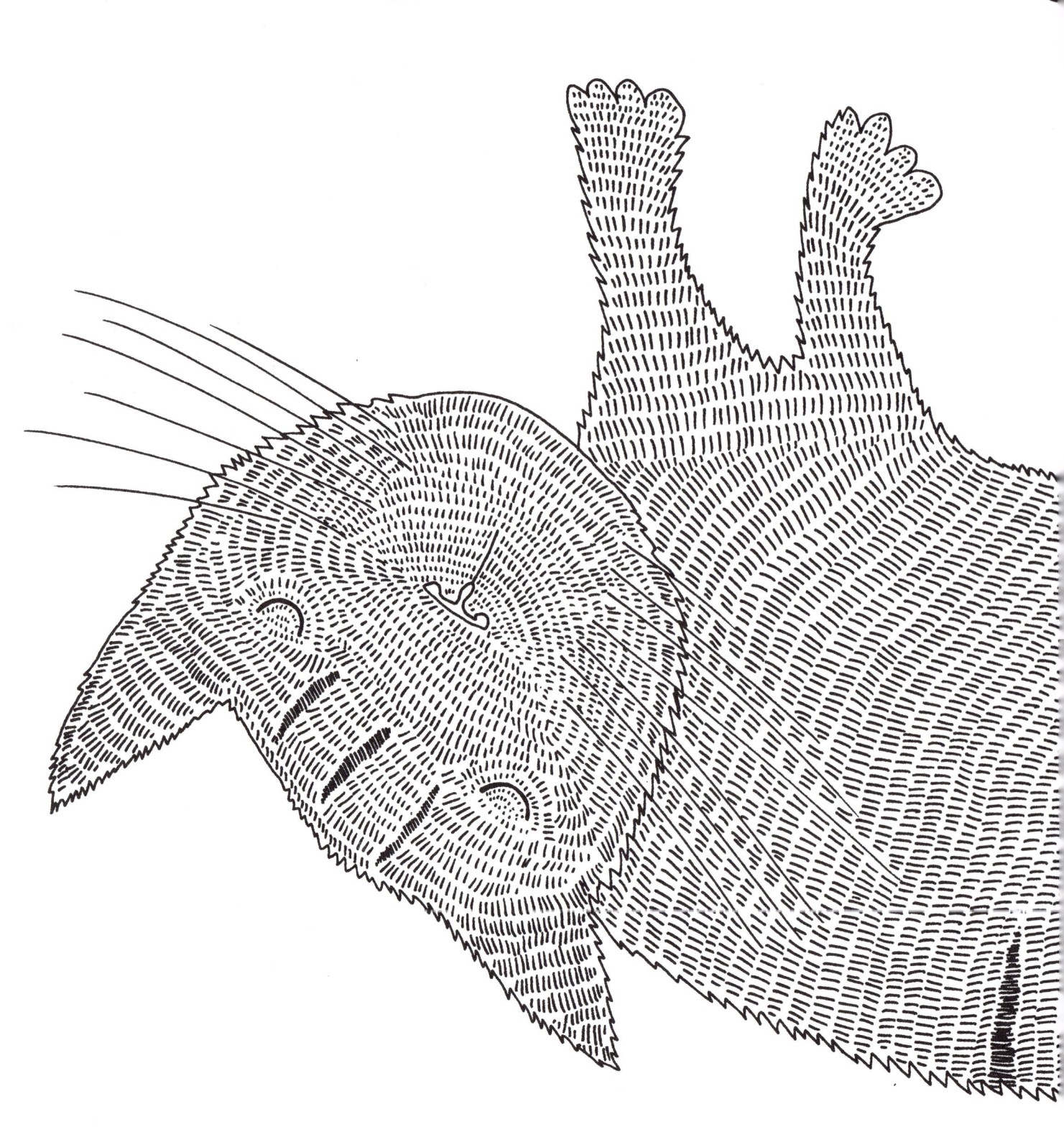

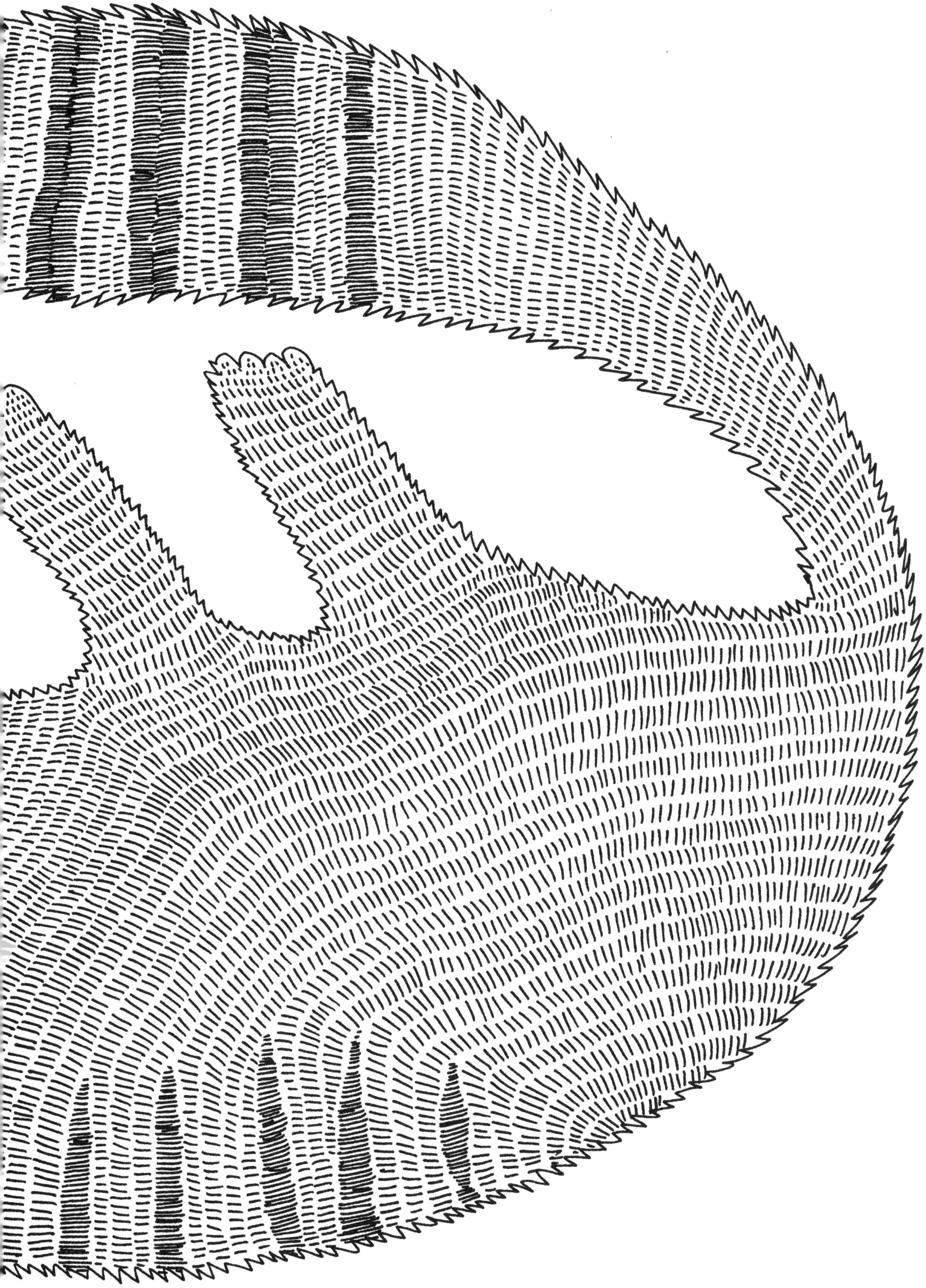

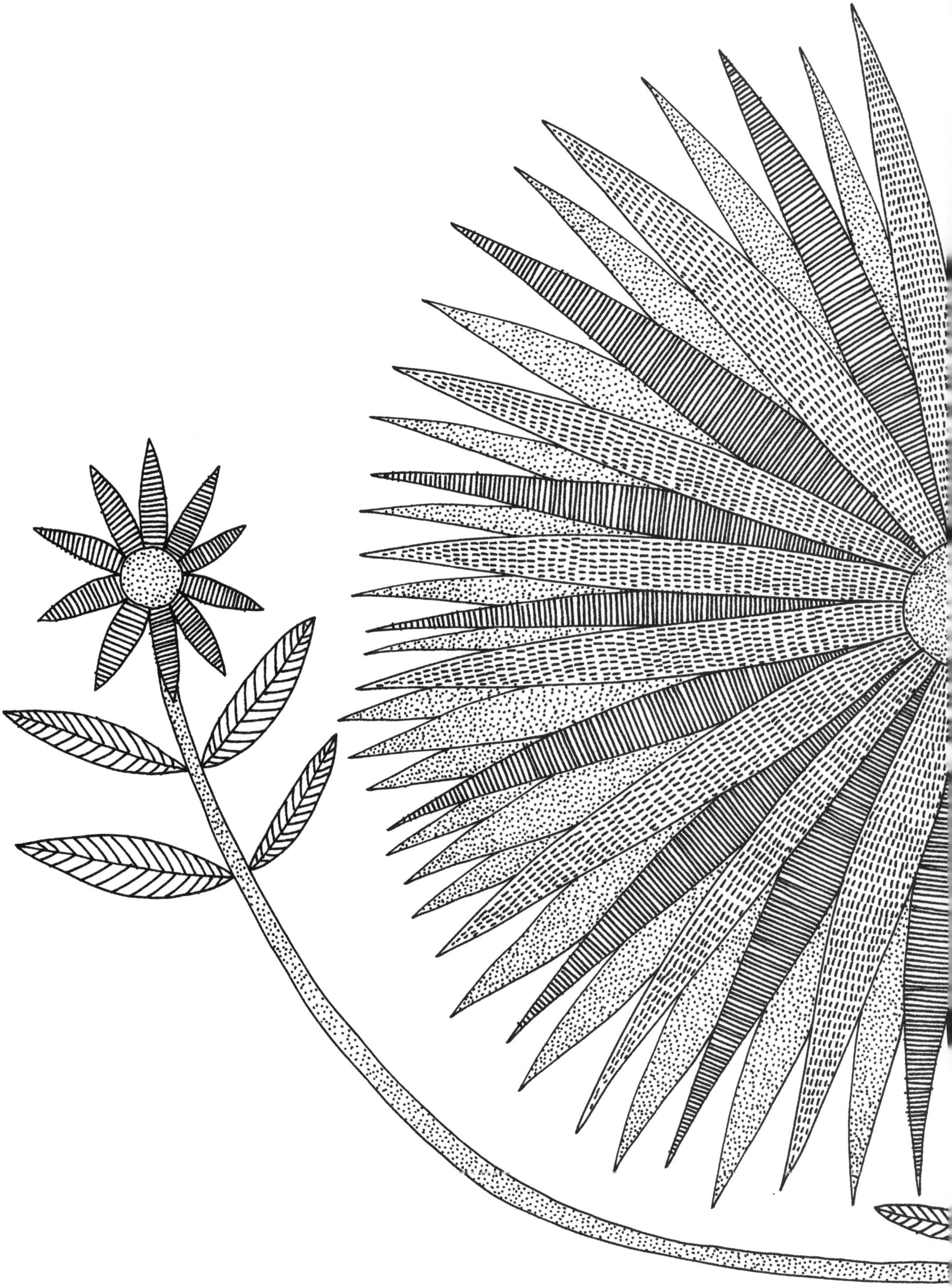

NESSE LUGAR NASCEU UMA FLOR...

ALEKSANDRA MIZIELIŃSKA E DANIEL MIZIELIŃSKI
Ambos autores estudaram na Academia de Belas Artes em Varsóvia e fundaram o Hipopotam Studio, empresa de design gráfico, onde desenvolvem projetos originais para muitas editoras. Desde 2002, publicaram diversas obras juntos, recebendo vários prêmios internacionais.

Título original: Kto kogo zjada

©2010, Aleksandra Mizielińska e Daniel Mizieliński
www.hipopotamstudio.pl

Direitos adquiridos: Społeczny Instytut Wydawniczy ZNAK, Cracóvia (Polônia)

©2019, Livros da Raposa Vermelha, para a presente edição
www.livrosdaraposavermelha.com.br

Consultoria: Dolores Prades
Tradução: Rodrigo Villela
Preparação/Revisão: Estúdio Seringueira
Projeto gráfico: Livros da Raposa Vermelha
Composição: Marcela Castañeda

ISBN 978-85-66594-39-3

Primeira edição: novembro 2019

Todos os direitos reservados. A reprodução não autorizada desta publicação, no todo ou em parte, constitui violação de direitos autorais. (Lei 9.610/98)

Ortografia atualizada respeitando o novo Acordo Ortográfico da Língua Portuguesa

Dados Internacionais de Catalogação na Publicação (CIP)
(Câmara Brasileira do Livro, SP, Brasil)

Mizielińska, Aleksandra
  Ciclo da vida / Aleksandra Mizielińska ; ilustrações : Daniel Mizieliński ; tradução : Rodrigo Villela - Ubatuba, SP : Livros da Raposa Vermelha, 2019.

  Título original: Kto kogo zjada.
  ISBN 978-85-66594-39-3

  1. Animais - Alimentação 2. - Animais - Alimentação - Ficção infantojuvenil I. Mizieliński, Daniel. II. Título.

19-30087   CDD-028.5

Índices para catálogo sistemático:
  1. Ficção : Literatura infantojuvenil 028.5
  2. Ficção : Literatura juvenil 028.5

Maria Paula C. Riyuzo - Bibliotecária - CRB-8/7639

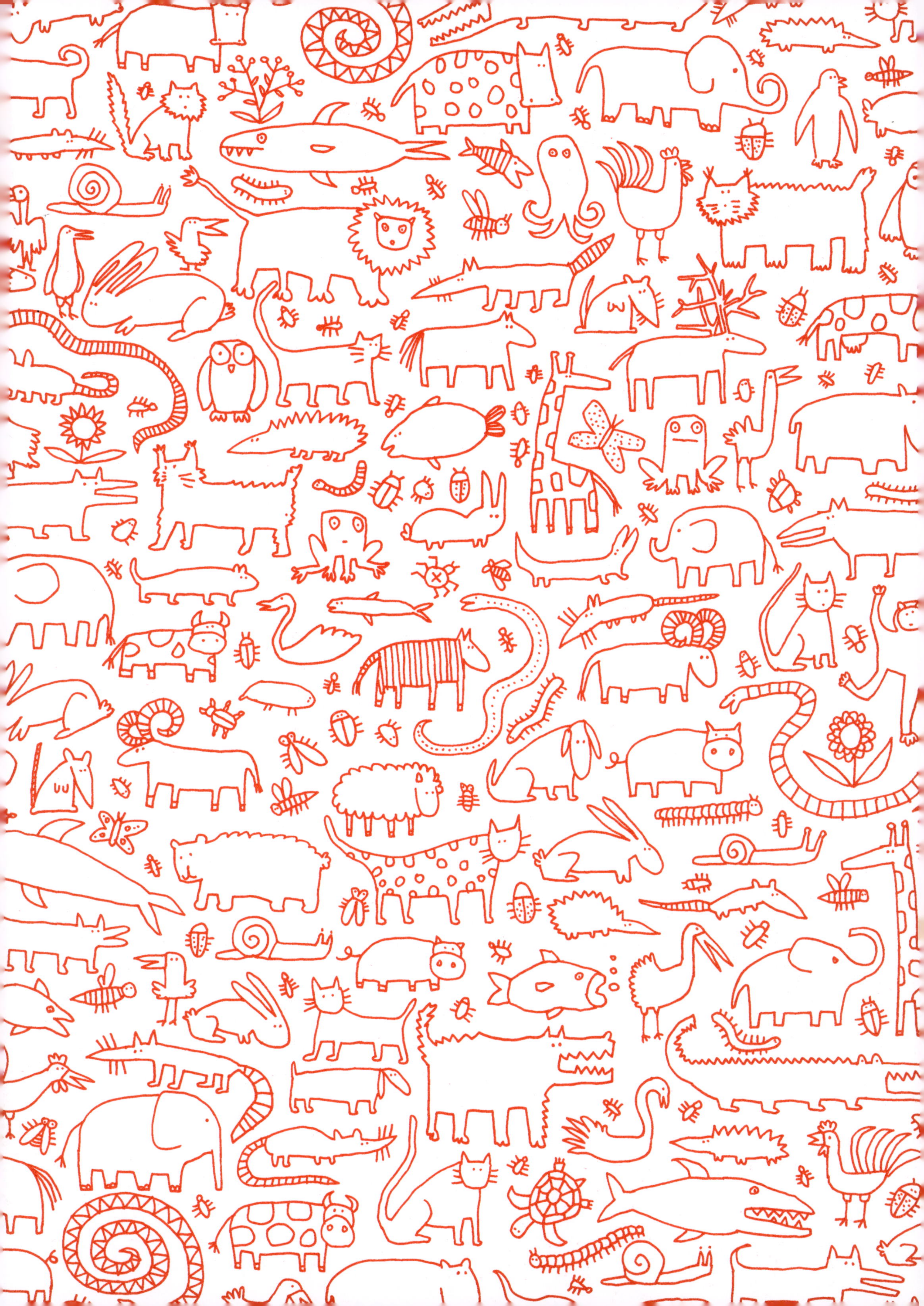

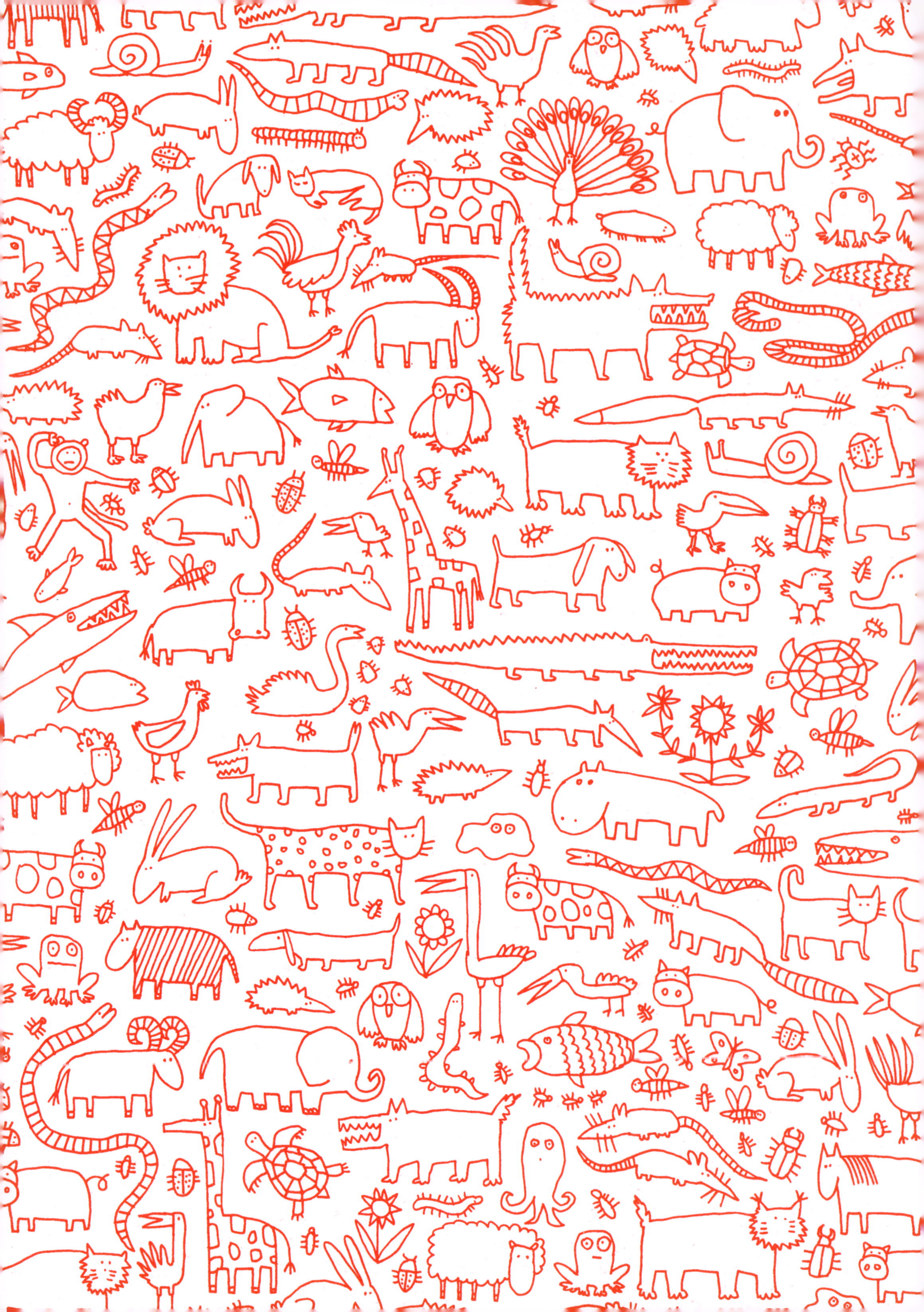